PENGUIN EDITION

Große Emotionen, große Dramen, große Abenteuer – von Austen bis Fitzgerald, von Flaubert bis Zweig. Ein Bücherregal ohne Klassiker ist wie eine Welt ohne Farbe.

Stefan Zweig (1881–1942) wuchs als Sohn einer jüdischen Kaufmannsfamilie in Wien auf. Er schrieb Gedichte, Novellen, Dramen und Essays, die 1933 der Bücherverbrennung der Nationalsozialisten zum Opfer fielen. Seit 1938 auf der Flucht, lebte der engagierte Pazifist und Humanist zuletzt in Brasilien, wo er 1942 zusammen mit seiner Ehefrau Selbstmord beging.

«Eine Meisterpartie.» *Süddeutsche Zeitung*

«Ein Klassiker der Weltliteratur.» *Hessische Allgemeine*

«Keine Frage: Stefan Zweig ist ein Klassiker.» *Wiener Zeitung*

Stefan Zweig

SCHACHNOVELLE

Mit einem Nachwort
von Jeffrey B. Berlin

PENGUIN VERLAG

MIX
Papier | Fördert gute Waldnutzung
FSC® C014496

Penguin Random House Verlagsgruppe FSC® N001967

3. Auflage

Umschlaggestaltung: Regg Media in Adaption der traditionellen
Penguin Classics Triband-Optik aus England
Satz: Greiner & Reichel, Köln
Druck und Bindung: GGP Media GmbH, Pößneck
Printed in Germany
ISBN 978-3-328-10673-9
www.penguin-verlag.de

Auf dem großen Passagierdampfer, der um Mitternacht von New York nach Buenos Aires abgehen sollte, herrschte die übliche Geschäftigkeit und Bewegung der letzten Stunde. Gäste vom Land drängten durcheinander, um ihren Freunden das Geleit zu geben, Telegrafenboys mit schiefen Mützen schossen Namen ausrufend durch die Gesellschaftsräume, Koffer und Blumen wurden geschleppt, Kinder liefen neugierig treppauf und treppab, während das Orchester unerschütterlich zur Deckshow spielte. Ich stand im Gespräch mit einem Bekannten etwas abseits von diesem Getümmel auf dem Promenadendeck, als neben uns zwei- oder dreimal Blitzlicht scharf aufsprühte – anscheinend war irgendein Prominenter knapp vor der Abfahrt noch rasch von Reportern interviewt und fotografiert worden. Mein Freund blickte hin und lächelte. «Sie haben da einen raren Vogel an Bord, den Czentovic.» Und da ich offenbar ein ziemlich verständnisloses Gesicht zu dieser Mitteilung machte, fügte er erklärend bei: «Mirko Czentovic, der Weltschachmeister. Er hat ganz Amerika von Ost nach West mit Turnierspielen abgeklappert und fährt jetzt zu neuen Triumphen nach Argentinien.»

In der Tat erinnerte ich mich nun dieses jungen Weltmeisters und sogar einiger Einzelheiten im Zusammenhang mit seiner raketenhaften Karriere; mein Freund, ein aufmerksamerer Zeitungsleser als ich, konnte sie mit einer ganzen Reihe von Anekdoten ergänzen. Czentovic hatte sich vor etwa einem Jahr mit einem Schlage neben die bewährtesten Altmeister der Schachkunst, wie Aljechin, Capablanca, Tartakower, Lasker, Bogoljubow, gestellt. Seit dem Auftreten des siebenjährigen Wunderkindes Rzecewski bei dem Schachturnier 1922 in New York hatte noch nie der Einbruch eines völlig Unbekannten in die ruhmreiche Gilde derart allgemeines Aufsehen erregt. Denn Czentovics intellektuelle Eigenschaften schienen ihm keineswegs solch eine blendende Karriere von vornherein zu weissagen. Bald sickerte das Geheimnis durch, dass dieser Schachmeister in seinem Privatleben außerstande war, in irgendeiner Sprache einen Satz ohne orthografischen Fehler zu schreiben, und wie einer seiner verärgerten Kollegen ingrimmig spottete, «seine Unbildung war auf allen Gebieten gleich universell». Sohn eines blutarmen südslawischen Donauschiffers, dessen winzige Barke eines Nachts von einem Getreidedampfer überrannt wurde, war der damals Zwölfjährige nach dem Tode seines Vaters vom Pfarrer des abgelegenen Ortes aus Mitleid aufgenommen worden, und der gute Pater bemühte sich redlich, durch häusliche Nachhilfe wettzumachen, was das maulfaule, dumpfe, breitstirnige Kind in der Dorfschule nicht zu erlernen vermochte.

Aber die Anstrengungen blieben vergeblich. Mirko starrte die ihm schon hundertmal erklärten Schriftzeichen immer wieder fremd an; auch für die simpelsten

Unterrichtsgegenstände fehlte seinem schwerfällig arbeitenden Gehirn jede festhaltende Kraft. Wenn er rechnen sollte, musste er noch mit vierzehn Jahren die Finger zu Hilfe nehmen, und ein Buch oder eine Zeitung zu lesen, bedeutete für den schon halbwüchsigen Jungen noch besondere Anstrengung. Dabei konnte man Mirko keineswegs unwillig oder widerspenstig nennen. Er tat gehorsam, was man ihm gebot, holte Wasser, spaltete Holz, arbeitete mit auf dem Felde, räumte die Küche auf und erledigte verlässlich, wenn auch mit verärgernder Langsamkeit, jeden geforderten Dienst. Was den guten Pfarrer aber an dem querköpfigen Knaben am meisten verdross, war seine totale Teilnahmslosigkeit. Er tat nichts ohne besondere Aufforderung, stellte nie eine Frage, spielte nicht mit anderen Burschen und suchte von selbst keine Beschäftigung, sofern man sie nicht ausdrücklich anordnete; sobald Mirko die Verrichtungen des Haushalts erledigt hatte, saß er stur im Zimmer herum mit jenem leeren Blick, wie ihn Schafe auf der Weide haben, ohne an den Geschehnissen rings um ihn den geringsten Anteil zu nehmen. Während der Pfarrer abends, die lange Bauernpfeife schmauchend, mit dem Gendarmeriewachtmeister seine üblichen drei Schachpartien spielte, hockte der blondsträhnige Bursche stumm daneben und starrte unter seinen schweren Lidern anscheinend schläfrig und gleichgültig auf das karierte Brett.

Eines Winterabends klingelten, während die beiden Partner in ihre tägliche Partie vertieft waren, von der

Dorfstraße her die Glöckchen eines Schlittens rasch und immer rascher heran. Ein Bauer, die Mütze mit Schnee überstäubt, stapfte hastig herein, seine alte Mutter läge im Sterben, und der Pfarrer möge eilen, ihr noch rechtzeitig die letzte Ölung zu erteilen. Ohne zu zögern folgte ihm der Priester. Der Gendarmeriewachtmeister, der sein Glas Bier noch nicht ausgetrunken hatte, zündete sich zum Abschied eine neue Pfeife an und bereitete sich eben vor, die schweren Schaftstiefel anzuziehen, als ihm auffiel, wie unentwegt der Blick Mirkos auf dem Schachbrett mit der angefangenen Partie haftete.

«Na, willst du sie zu Ende spielen?», spaßte er, vollkommen überzeugt, dass der schläfrige Junge nicht einen einzigen Stein auf dem Brett richtig zu rücken verstünde. Der Knabe starrte scheu auf, nickte dann und setzte sich auf den Platz des Pfarrers. Nach vierzehn Zügen war der Gendarmeriewachtmeister geschlagen und musste zudem eingestehen, dass keineswegs ein versehentlicher nachlässiger Zug seine Niederlage verschuldet habe. Die zweite Partie fiel nicht anders aus.

«Bileams Esel!», rief erstaunt bei seiner Rückkehr der Pfarrer aus, dem weniger bibelfesten Gendarmeriewachtmeister erklärend, schon vor zweitausend Jahren hätte sich ein ähnliches Wunder ereignet, dass ein stummes Wesen plötzlich die Sprache der Weisheit gefunden habe. Trotz der vorgerückten Stunde konnte der Pfarrer sich nicht enthalten, seinen halb analphabetischen Famulus zu einem Zweikampf herauszufordern. Mirko schlug auch ihn mit Leichtigkeit. Er spielte zäh, langsam, unerschütterlich, ohne ein einziges Mal die gesenkte breite Stirn vom Brette aufzuheben. Aber er spielte mit unwiderlegbarer Sicherheit; weder der Gendarmeriewachtmeister noch der Pfarrer waren in den nächsten Tagen imstande, eine Partie gegen ihn zu gewinnen. Der Pfarrer, besser als irgendjemand befähigt, die sonstige Rückständigkeit seines Zöglings zu beurteilen, wurde nun ernstlich neugierig, wie weit diese einseitige sonderbare Begabung einer strengeren Prüfung standhalten würde. Nachdem er Mirko bei dem Dorfbarbier die struppigen strohblonden Haare hatte schneiden lassen, um ihn einigermaßen präsentabel zu machen, nahm er ihn in seinem Schlitten mit in die kleine Nachbarstadt, wo er im Café des Hauptplatzes eine Ecke mit enragierten Schachspielern wusste, denen er selbst erfahrungsgemäß nicht gewachsen war. Es erregte bei der ansässigen Runde nicht geringes Staunen, als der Pfarrer den fünfzehnjährigen strohblonden und rotbackigen Burschen in seinem nach innen getragenen Schafspelz und schweren, hohen Schaftstiefeln in das Kaffeehaus schob, wo der Junge befremdet mit scheu niedergeschlagenen Augen in einer Ecke stehen blieb, bis man ihn zu einem der Schachtische hinrief. In der ersten Partie wurde Mirko geschlagen, da er die sogenannte Sizilianische Eröffnung bei dem guten Pfarrer nie gesehen hatte. In der zweiten Partie kam er schon gegen den besten Spieler auf Remis. Von der dritten und vierten an schlug er sie alle, einen nach dem andern.

Nun ereignen sich in einer kleinen südslawischen Provinzstadt höchst selten aufregende Dinge; so wurde das erste Auftreten dieses bäuerlichen Champions für die versammelten Honoratioren unverzüglich zur Sensation. Einstimmig wurde beschlossen, der Wunderknabe müsste unbedingt noch bis zum nächsten Tage in der Stadt bleiben, damit man die anderen Mitglieder des Schachklubs zusammenrufen und vor allem den alten Grafen Simczic, einen Fanatiker des Schachspiels, auf seinem Schlosse verständigen könne. Der Pfarrer, der mit einem ganz neuen Stolz auf seinen Pflegling blickte, aber über seiner Entdeckerfreude doch seinen pflichtgemäßen Sonntagsgottesdienst nicht versäumen wollte, erklärte sich bereit, Mirko für eine weitere Probe zurückzulassen. Der junge Czentovic wurde auf Kosten der Schachecke im Hotel einquartiert und sah an diesem Abend zum ersten Mal ein Wasserklosett. Am folgenden Sonntagnachmittag war der Schachraum überfüllt. Mirko, unbeweglich vier Stunden vor dem Brett sitzend, besiegte, ohne ein Wort zu sprechen oder auch nur aufzuschauen, einen Spieler nach dem andern; schließlich wurde eine Simultanpartie vorgeschlagen. Es dauerte eine Weile, ehe man dem Unbelehrten begreiflich machen konnte, dass bei einer Simultanpartie er allein gegen die verschiedenen Spieler zu kämpfen hätte. Aber sobald Mirko diesen Usus begriffen, fand er sich rasch in die Aufgabe, ging mit seinen schweren, knarrenden Schuhen langsam von Tisch zu Tisch und gewann schließlich sieben von den acht Partien.

Nun begannen große Beratungen. Obwohl dieser neue Champion im strengen Sinne nicht zur Stadt gehörte, war doch der heimische Nationalstolz lebhaft entzündet. Vielleicht konnte endlich die kleine Stadt, deren Vorhandensein auf der Landkarte kaum jemand bisher wahrgenommen, zum ersten Mal sich die Ehre erwerben, einen berühmten Mann in die Welt zu schicken. Ein Agent namens Koller, sonst nur Chansonetten und Sängerinnen für das Kabarett der Garnison vermittelnd, erklärte sich bereit, sofern man den Zuschuss für ein Jahr leiste, den jungen Menschen in Wien von einem ihm bekannten ausgezeichneten kleinen Meister fachmäßig in der Schachkunst ausbilden zu lassen. Graf Simczic, dem in sechzig Jahren täglichen Schachspieles nie ein so merkwürdiger Gegner entgegengetreten war, zeichnete sofort den Betrag. Mit diesem Tage begann die erstaunliche Karriere des Schiffersohnes.

Nach einem halben Jahre beherrschte Mirko sämtliche Geheimnisse der Schachtechnik, allerdings mit einer seltsamen Einschränkung, die später in den Fachkreisen viel beobachtet und bespöttelt wurde. Denn Czentovic brachte es nie dazu, auch nur eine einzige Schachpartie auswendig – oder wie man fachgemäß sagt: blind – zu spielen. Ihm fehlte vollkommen die Fähigkeit, das Schlachtfeld in den unbegrenzten Raum der Fantasie zu stellen. Er musste immer das schwarz-weiße Karree mit den vierundsechzig Feldern und zweiunddreißig Figuren handgreiflich vor sich haben; noch zur Zeit seines Weltruhmes führte er ständig ein zusammenlegbares Taschenschach mit sich, um, wenn er eine Meisterpartie rekonstruieren oder ein Problem für sich lösen wollte, sich die Stellung optisch vor Augen zu führen. Dieser an sich unbeträchtliche Defekt verriet einen Mangel an imaginativer Kraft und wurde in dem engen Kreise ebenso lebhaft diskutiert, wie wenn unter Musikern ein hervorragender Virtuose oder Dirigent sich unfähig gezeigt hätte, ohne aufgeschlagene Partitur zu spielen oder zu dirigieren. Aber diese merkwürdige Eigenheit verzögerte keineswegs Mirkos stupenden Aufstieg. Mit siebzehn Jahren hatte er schon ein Dutzend Schachpreise gewonnen, mit achtzehn sich die ungarische Meisterschaft, mit zwanzig endlich die Weltmeisterschaft erobert. Die verwegensten Champions, jeder einzelne an intellektueller Begabung, an Fantasie und Kühnheit ihm unermesslich überlegen, erlagen ebenso seiner zähen und kalten Logik wie Napoleon dem schwerfälligen Kutusow, wie Hannibal dem Fabius Cunctator, von dem Livius berichtet, dass er gleichfalls in seiner Kindheit derart auffällige Züge von Phlegma und Imbezillität gezeigt habe. So geschah es, dass in die illustre Galerie der Schachmeister, die in ihren Reihen die verschiedensten Typen intellektueller Überlegenheit vereinigt – Philosophen, Mathematiker, kalkulierende, imaginierende und oft schöpferische Naturen –, zum ersten Mal ein völliger Outsider der geistigen Welt einbrach, ein schwerer, maulfauler Bauernbursche, aus dem auch nur ein einziges publizistisch brauchbares Wort herauszulocken selbst den gerissensten Journalisten nie gelang. Freilich, was Czentovic den Zeitungen an geschliffenen Sentenzen vorenthielt, ersetzte er bald reichlich durch Anekdoten über seine Person. Denn rettungslos wurde mit der Sekunde, da er vom Schachbrette aufstand, wo er Meister ohnegleichen war, Czentovic zu einer grotesken und beinahe komischen Figur; trotz seines feierlichen schwarzen Anzuges, seiner pompösen Krawatte mit der etwas aufdringlichen Perlennadel und seiner mühsam manikürten Finger blieb er in seinem Gehaben und seinen Manieren derselbe beschränkte Bauernjunge, der im Dorf die Stube des Pfarrers gefegt. Ungeschickt und geradezu schamlos plump suchte er zum Gaudium und zum Ärger seiner Fachkollegen aus seiner Begabung und seinem Ruhm mit einer kleinlichen und sogar oft ordinären Habgier herauszuholen, was an Geld herauszuholen war. Er reiste von Stadt zu Stadt, immer in den billigsten Hotels wohnend, er spielte in den kläglichsten Vereinen, sofern man ihm sein Honorar bewilligte, er ließ sich abbilden auf Seifenreklamen und verkaufte sogar, ohne auf den Spott seiner Konkurrenten zu achten, die genau wussten, dass er nicht imstande war, drei Sätze richtig zu schreiben, seinen Namen für eine ‹Philosophie des Schachs›, die in Wirklichkeit ein kleiner galizischer Student für den geschäftstüchtigen Verleger geschrieben. Wie allen zähen Naturen fehlte ihm jeder Sinn für das Lächerliche; seit seinem Siege im Weltturnier hielt er sich für den wichtigsten Mann der Welt, und das Bewusstsein, all diese gescheiten, intellektuellen, blendenden Sprecher und Schreiber auf ihrem eigenen Feld geschlagen zu haben, und vor allem die handgreifliche Tatsache, mehr als sie zu verdienen, verwandelte die ursprüngliche Unsicherheit in einen kalten und meist plump zur Schau getragenen Stolz.

«Aber wie sollte ein so rascher Ruhm nicht einen so leeren Kopf beduseln?», schloss mein Freund, der mir gerade einige klassische Proben von Czentovics kindischer Präpotenz anvertraut hatte. «Wie sollte ein einundzwanzigjähriger Bauernbursche aus dem Banat nicht den Eitelkeitskoller kriegen, wenn er plötzlich mit ein bisschen Figurenherumschieben auf einem Holzbrett in einer Woche mehr verdient als sein ganzes Dorf daheim mit Holzfällen und den bittersten Abrackereien in einem ganzen Jahr? Und dann, ist es nicht eigentlich verflucht leicht, sich für einen großen Menschen zu halten, wenn man nicht mit der leisesten Ahnung belastet ist, dass ein Rembrandt, ein Beethoven, ein Dante, ein Napoleon je gelebt haben? Dieser Bursche weiß in seinem vermauerten Gehirn nur das eine, dass er seit Monaten nicht eine einzige Schachpartie verloren hat, und da er eben nicht ahnt, dass es außer Schach und Geld noch andere Werte auf unserer Erde gibt, hat er allen Grund, von sich begeistert zu sein.»

Diese Mitteilungen meines Freundes verfehlten nicht, meine besondere Neugierde zu erregen. Alle Arten von monomanischen, in eine einzige Idee verschossenen Menschen haben mich zeitlebens angereizt, denn je mehr sich einer begrenzt, umso mehr ist er andererseits dem Unendlichen nahe; gerade solche scheinbar Weltabseitigen bauen in ihrer besonderen Materie sich termitenhaft eine merkwürdige und durchaus einmalige Abbreviatur der Welt. So machte ich aus meiner Absicht, dieses sonderbare Spezimen intellektueller Eingleisigkeit auf der zwölftägigen Fahrt bis Rio näher unter die Lupe zu nehmen, kein Hehl.

Jedoch: «Da werden Sie wenig Glück haben», warnte mein Freund. «Soviel ich weiß, ist es noch keinem gelungen, aus Czentovic das geringste an psychologischem Material herauszuholen. Hinter all seiner abgründigen Beschränktheit verbirgt dieser gerissene Bauer die große Klugheit, sich keine Blößen zu geben, und zwar dank der simplen Technik, dass er außer mit Landsleuten seiner eigenen Sphäre, die er sich in kleinen Gasthäusern zusammensucht, jedes Gespräch vermeidet. Wo er einen gebildeten Menschen spürt, kriecht er in sein Schneckenhaus; so kann niemand sich rühmen, je ein dummes Wort von ihm gehört oder die angeblich unbegrenzte Tiefe seiner Unbildung ausgemessen zu haben.»

Mein Freund sollte in der Tat recht behalten. Während der ersten Tage der Reise erwies es sich als vollkommen unmöglich, an Czentovic ohne grobe Zudringlichkeit, die schließlich nicht meine Sache ist, heranzukommen. Manchmal schritt er zwar über das Promenadendeck, aber dann immer die Hände auf dem Rücken verschränkt mit jener stolz in sich versenkten Haltung wie Napoleon auf dem bekannten Bilde; außerdem erledigte er immer so eilig und stoßhaft seine peripatetische Deckrunde, dass man ihm hätte im Trab nachlaufen müssen, um ihn ansprechen zu können. In den Gesellschaftsräumen wiederum, in der Bar, im Rauchzimmer zeigte er sich niemals; wie mir der Steward auf vertrauliche Erkundigung hin mitteilte, verbrachte er den Großteil des Tages in seiner Kabine, um auf einem mächtigen Brett Schachpartien einzuüben oder zu rekapitulieren.

Nach drei Tagen begann ich mich tatsächlich zu ärgern, dass seine geschickte Abwehrtechnik geschickter war als mein Wille, an ihn heranzukommen. Ich hatte in meinem Leben noch nie Gelegenheit gehabt, die persönliche Bekanntschaft eines Schachmeisters zu machen, und je mehr ich mich jetzt bemühte, mir einen solchen Typus zu personifizieren, umso unvorstellbarer schien mir eine Gehirntätigkeit, die ein ganzes Leben lang ausschließlich um einen Raum von vierundsechzig schwarzen und weißen Feldern rotiert. Ich wusste wohl aus eigener Erfahrung um die geheimnisvolle Attraktion des ‹königlichen Spiels›, dieses einzigen unter allen Spielen, die der Mensch ersonnen, das sich souverän jeder Tyrannis des Zufalls entzieht und seine Siegespalmen einzig dem Geist oder vielmehr einer bestimmten Form geistiger Begabung zuteilt. Aber macht man sich nicht bereits einer beleidigenden Einschränkung schuldig, indem man Schach ein Spiel nennt? Ist es nicht auch eine Wissenschaft, eine Kunst, schwebend zwischen diesen Kategorien wie der Sarg Mohammeds zwischen Himmel und Erde, eine einmalige Bindung aller Gegensatzpaare; uralt und doch ewig neu, mechanisch in der Anlage und doch nur wirksam durch Fantasie, begrenzt in geometrisch starrem Raum und dabei unbegrenzt in seinen Kombinationen, ständig sich entwickelnd und doch steril, ein Denken, das zu nichts führt, eine Mathematik, die nichts errechnet, eine Kunst ohne Werke, eine Architektur ohne Substanz und nichtsdestominder erwiesenermaßen dauerhafter in seinem Sein und Dasein als alle Bücher und Werke, das einzige Spiel, das allen Völkern und allen Zeiten zugehört und von dem niemand weiß, welcher Gott es auf die Erde gebracht, um die Langeweile zu töten, die Sinne zu schärfen, die Seele zu spannen. Wo ist bei ihm Anfang und wo das Ende? Jedes Kind kann seine ersten Regeln erlernen, jeder Stümper sich in ihm versuchen, und doch vermag es innerhalb dieses unveränderbar engen Quadrats eine besondere Spezies von Meistern zu erzeugen, unvergleichbar allen anderen, Menschen mit einer einzig dem Schach zubestimmten Begabung, spezifische Genies, in denen Vision, Geduld und Technik in einer ebenso genau bestimmten Verteilung wirksam sind wie im Mathematiker, im Dichter, im Musiker, und nur in anderer Schichtung und Bindung. In früheren Zeiten physiognomischer Leidenschaft hätte ein Gail vielleicht die Gehirne solcher Schachmeister seziert, um festzustellen, ob bei solchen Schachgenies eine besondere Windung in der grauen Masse des Gehirns, eine Art Schachmuskel oder Schachhöcker sich intensiver eingezeichnet fände als in anderen Schädeln. Und wie hätte einen solchen Physiognomiker erst der Fall eines Czentovic angereizt, wo dies spezifische Genie eingesprengt erscheint in eine absolute intellektuelle

Trägheit wie ein einzelner Faden Gold in einem Zentner tauben Gesteins! Im Prinzip war mir die Tatsache von jeher verständlich, dass ein derart einmaliges, ein solches geniales Spiel sich spezifische Matadore schaffen musste, aber wie schwer, wie unmöglich doch, sich das Leben eines geistig regsamen Menschen vorzustellen, dem sich die Welt einzig auf die enge Einbahn zwischen Schwarz und Weiß reduziert, der in einem bloßen Hin und Her, Vor und Zurück von zweiunddreißig Figuren seine Lebenstriumphe sucht, einen Menschen, dem bei einer neuen Eröffnung, den Springer vorzuziehen statt des Bauern, schon Großtat und sein ärmliches Eckchen Unsterblichkeit im Winkel eines Schachbuches bedeutet – einen Menschen, einen geistigen Menschen, der, ohne wahnsinnig zu werden, zehn, zwanzig, dreißig, vierzig Jahre lang die ganze Spannkraft seines Denkens immer und immer wieder an den lächerlichen Einsatz wendet, einen hölzernen König auf einem hölzernen Brett in den Winkel zu drängen!

Und nun war ein solches Phänomen, ein solches sonderbares Genie oder ein solcher rätselhafter Narr mir räumlich zum ersten Mal ganz nahe, sechs Kabinen weit auf demselben Schiff, und ich Unseliger, für den Neugier in geistigen Dingen immer zu einer Art Passion ausartet, sollte nicht imstande sein, mich ihm zu nähern. Ich begann, mir die absurdesten Listen auszudenken: etwa, ihn in seiner Eitelkeit zu kitzeln, indem ich ihm ein angebliches Interview für eine wichtige Zeitung vortäuschte, oder bei seiner Habgier zu packen, dadurch, dass ich ihm ein einträgliches Turnier in Schottland proponierte. Aber schließlich erinnerte ich mich, dass die bewährteste Technik der Jäger, den Auerhahn an sich heranzulocken, darin besteht, dass sie seinen Balzschrei nachahmen; was konnte eigentlich wirksamer sein, um die Aufmerksamkeit eines Schachmeisters auf sich zu ziehen, als indem man selber Schach spielte?

Nun bin ich zeitlebens nie ein ernstlicher Schachkünstler gewesen, und zwar aus dem einfachen Grunde, weil ich mich mit Schach immer bloß leichtfertig und ausschließlich zu meinem Vergnügen befasste; wenn ich mich für eine Stunde vor das Brett setze, geschieht dies keineswegs, um mich anzustrengen, sondern im Gegenteil, um mich von geistiger Anspannung zu entlasten. Ich ‹spiele› Schach im wahrsten Sinne des Wortes, während die anderen, die wirklichen Schachspieler, Schach ‹ernsten›, um ein verwegenes neues Wort in die deutsche Sprache einzuführen. Für Schach ist nun, wie für die Liebe, ein Partner unentbehrlich, und ich wusste zur Stunde noch nicht, ob sich außer uns andere Schachliebhaber an Bord befanden. Um sie aus ihren Höhlen herauszulocken, stellte ich im Smoking Room eine primitive Falle auf, indem ich mich mit meiner Frau, obwohl sie noch schwächer spielt als ich, vogelstellerisch vor ein Schachbrett setzte. Und tatsächlich, wir hatten noch nicht sechs Züge getan, so blieb schon jemand im Vorübergehen stehen, ein Zweiter erbat die Erlaubnis, zusehen zu dürfen; schließlich fand sich auch der erwünschte Partner, der mich zu einer Partie herausforderte. Er hieß McConnor und wär ein schottischer Tiefbauingenieur, der, wie ich hörte, bei Ölbohrungen in Kalifornien sich ein großes Vermögen gemacht hatte, von äußerem Ansehen ein stämmiger Mensch mit starken, fast quadratisch harten Kinnbacken, kräftigen Zähnen und einer satten Gesichtsfarbe, deren prononcierte Rötlichkeit wahrscheinlich, zumindest teilweise, reichlichem Genuss von Whisky zu verdanken war. Die auffällig breiten, fast athletisch vehementen Schultern machten sich leider auch im Spiel charaktermäßig bemerkbar, denn dieser Mister McConnor gehörte zu jener Sorte selbst besessener Erfolgsmenschen, die auch im belanglosesten Spiel eine Niederlage schon als Herabsetzung ihres Persönlichkeitsbewusstseins empfinden. Gewöhnt, sich im Leben rücksichtslos durchzusetzen und verwöhnt vom faktischen Erfolg, war dieser massive Selfmademan derart unerschütterlich von seiner Überlegenheit durchdrungen, dass jeder Widerstand ihn als ungebührliche Auflehnung und beinahe Beleidigung erregte. Als er die erste Partie verlor, wurde er mürrisch und begann umständlich und diktatorisch zu erklären, dies könne nur durch eine momentane Unaufmerksamkeit geschehen sein, bei der dritten machte er den Lärm im Nachbarraum für sein Versagen verantwortlich; nie war er gewillt, eine Partie zu verlieren, ohne sofort Revanche zu fordern. Anfangs amüsierte mich diese ehrgeizige Verbissenheit; schließlich nahm ich sie nur mehr als unvermeidliche Begleiterscheinung für meine eigentliche Absicht hin, den Weltmeister an unseren Tisch zu locken.

Am dritten Tag gelang es und gelang doch nur halb. Sei es, dass Czentovic uns vom Promenadendeck aus durch das Bordfenster vor dem Schachbrett beobachtet oder dass er nur zufälligerweise den Smoking Room mit seiner Anwesenheit beehrte – jedenfalls trat er, sobald er uns Unberufene seine Kunst ausüben sah, unwillkürlich einen Schritt näher und warf aus dieser gemessenen Distanz einen prüfenden Blick auf unser Brett. McConnor war gerade am Zuge. Und schon dieser eine Zug schien ausreichend, um Czentovic zu belehren, wie wenig ein weiteres Verfolgen unserer dilettantischen Bemühungen seines meisterlichen Interesses würdig sei. Mit derselben selbstverständlichen Geste, mit der unsereiner in einer Buchhandlung einen angebotenen schlechten Detektivroman weglegt, ohne ihn auch nur anzublättern, trat er von unserem Tische fort und verließ den Smoking Room. ‹Gewogen und zu leicht befunden›, dachte ich mir, ein bisschen verärgert durch diesen kühlen, verächtlichen Blick, und um meinem Unmut irgendwie Luft zu machen, äußerte ich zu McConnor:

«Ihr Zug scheint den Meister nicht sehr begeistert zu haben.»

«Welchen Meister?»

Ich erklärte ihm, jener Herr, der eben an uns vorübergegangen und mit missbilligendem Blick auf unser Spiel gesehen, sei der Schachmeister Czentovic gewesen. Nun, fügte ich hinzu, wir beide würden es überstehen und ohne Herzeleid uns mit seiner illustren Verachtung abfinden; arme Leute müssten eben mit Wasser kochen.

Aber zu meiner Überraschung übte auf McConnor meine lässige Mitteilung eine völlig unerwartete Wirkung. Er wurde sofort erregt, vergaß unsere Partie, und sein Ehrgeiz begann geradezu hörbar zu pochen. Er habe keine Ahnung gehabt, dass Czentovic an Bord sei, und Czentovic müsse unbedingt gegen ihn spielen. Er habe noch nie im Leben gegen einen Weltmeister gespielt außer einmal bei einer Simultanpartie mit vierzig anderen; schon das sei furchtbar spannend gewesen, und er habe damals beinahe gewonnen. Ob ich den Schachmeister persönlich kenne? Ich verneinte. Ob ich ihn nicht ansprechen wolle und zu uns bitten? Ich lehnte ab mit der Begründung, Czentovic sei meines Wissens für neue Bekanntschaften nicht sehr zugänglich. Außerdem, was für einen Reiz sollte es einem Weltmeister bieten, mit uns drittklassigen Spielern sich abzugeben?

Nun, das mit den drittklassigen Spielern hätte ich zu einem derart ehrgeizigen Manne wie McConnor lieber nicht äußern sollen. Er lehnte sich verärgert zurück und erklärte schroff, er für seinen Teil könne nicht glauben, dass Czentovic die höfliche Aufforderung eines Gentlemans ablehnen werde, dafür werde er schon sorgen. Auf seinen Wunsch gab ich ihm eine kurze Personsbeschreibung des Weltmeisters, und schon stürmte er, unser Schachbrett gleichgültig im Stich lassend, in unbeherrschter Ungeduld Czentovic auf das Promenadendeck nach. Wieder spürte ich, dass der Besitzer dermaßen breiter Schultern nicht zu halten war, sobald er einmal seinen Willen in eine Sache geworfen.

Ich wartete ziemlich gespannt. Nach zehn Minuten kehrte McConnor zurück, nicht sehr aufgeräumt, wie mir schien.

«Nun?», fragte ich.

«Sie haben recht gehabt», antwortete er etwas verärgert. «Kein sehr angenehmer Herr. Ich stellte mich vor, erklärte ihm, wer ich sei. Er reichte mir nicht einmal die Hand. Ich versuchte, ihm auseinanderzusetzen, wie stolz und geehrt wir alle an Bord sein würden, wenn er eine Simultanpartie gegen uns spielen wollte. Aber er hielt seinen Rücken verflucht steif; es täte ihm leid, aber er habe kontraktliche Verpflichtungen gegen seinen Agenten, die ihm ausdrücklich untersagten, während seiner ganzen Tournee ohne Honorar zu spielen. Sein Minimum sei zweihundertfünfzig Dollar pro Partie.»

Ich lachte. «Auf diesen Gedanken wäre ich eigentlich nie geraten, dass Figuren von Schwarz auf Weiß zu schieben ein derart einträgliches Geschäft sein kann. Nun, ich hoffe, Sie haben sich ebenso höflich empfohlen.»

Aber McConnor blieb vollkommen ernst. «Die Partie ist für morgen Nachmittag drei Uhr angesetzt. Hier im Rauchsalon. Ich hoffe, wir werden uns nicht so leicht zu Brei schlagen lassen.»

«Wie? Sie haben ihm die zweihundertfünfzig Dollar bewilligt?», rief ich ganz betroffen aus.

«Warum nicht? C'est son métier. Wenn ich Zahnschmerzen hätte und es wäre zufällig ein Zahnarzt an Bord, würde ich auch nicht verlangen, dass er mir den Zahn umsonst ziehen soll. Der Mann hat ganz recht, dicke Preise zu machen; in jedem Fach sind die wirklichen Könner auch die besten Geschäftsleute. Und was mich betrifft: je klarer ein Geschäft, umso besser. Ich zahle lieber in Cash, als mir von einem Herrn Czentovic Gnaden erweisen zu lassen und mich am Ende noch bei ihm bedanken zu müssen. Schließlich habe ich in unserem Klub schon mehr an einem Abend verloren als zweihundertfünfzig Dollar und dabei mit keinem Weltmeister gespielt. Für ‹drittklassige› Spieler ist es keine Schande, von einem Czentovic umgelegt zu werden.»

Es amüsierte mich, zu bemerken, wie tief ich McConnors Selbstgefühl mit dem einen unschuldigen Wort ‹drittklassiger Spieler› gekränkt hatte. Aber da er den teuren Spaß zu bezahlen gesonnen war, hatte ich nichts einzuwenden gegen seinen deplacierten Ehrgeiz, der mir endlich die Bekanntschaft meines Kuriosums vermitteln sollte. Wir verständigten eiligst die vier oder fünf Herren, die sich bisher als Schachspieler deklariert hatten, von dem bevorstehenden Ereignis und ließen, um von durchgehenden Passanten möglichst wenig gestört zu werden, nicht nur unseren Tisch, sondern auch die Nachbartische für das bevorstehende Match im Voraus reservieren.

Am nächsten Tage war unsere kleine Gruppe zur vereinbarten Stunde vollzählig erschienen. Der Mittelplatz gegenüber dem Meister blieb selbstverständlich McConnor zugeteilt, der seine Nervosität entlud, indem er eine schwere Zigarre nach der andern anzündete und immer wieder unruhig auf die Uhr blickte. Aber der Weltmeister ließ – ich hatte nach den Erzählungen meines Freundes derlei schon geahnt – gute zehn Minuten auf sich warten, wodurch allerdings sein Erscheinen dann erhöhten Aplomb erhielt. Er trat ruhig und gelassen auf den Tisch zu. Ohne sich vorzustellen – ‹Ihr wisst, wer ich bin, und wer ihr seid, interessiert mich nicht›, schien diese Unhöflichkeit zu besagen –, begann er mit fachmännischer Trockenheit die sachlichen Anordnungen. Da eine Simultanpartie hier an Bord mangels verfügbarer Schachbretter unmöglich sei, schlage er vor, dass wir alle gemeinsam gegen ihn spielen sollten. Nach jedem Zug werde er, um unsere Beratungen nicht zu stören, sich zu einem anderen Tisch am Ende des Raumes verfügen. Sobald wir unseren Gegenzug getan, sollten wir, da bedauerlicherweise keine Tischglocke zur Hand sei, mit dem Löffel gegen ein Glas klopfen. Als maximale Zugzeit schlage er zehn Minuten vor, falls wir keine andere Einteilung wünschten. Wir pflichteten selbstverständlich wie schüchterne Schüler jedem Vorschlage bei. Die Farbenwahl teilte Czentovic Schwarz zu; noch im Stehen tat er den ersten Gegenzug und wandte sich dann gleich dem von ihm vorgeschlagenen Warteplatz zu, wo er lässig hingelehnt eine illustrierte Zeitschrift durchblätterte.

Es hat wenig Sinn, über die Partie zu berichten. Sie endete selbstverständlich, wie sie enden musste: mit unserer totalen Niederlage, und zwar bereits beim vierundzwanzigsten Zuge. Dass nun ein Weltschachmeister ein halbes Dutzend mittlerer oder untermittlerer Spieler mit der linken Hand niederfegt, war an sich wenig erstaunlich; verdrießlich wirkte eigentlich auf uns alle nur die präpotente Art, mit der Czentovic es uns allzu deutlich fühlen ließ, dass er uns mit der linken Hand erledigte. Er warf jedes Mal nur einen scheinbar flüchtigen Blick auf das Brett, sah an uns so lässig vorbei, als ob wir selbst tote Holzfiguren wären, und diese impertinente Geste erinnerte unwillkürlich an die, mit der man einem räudigen Hund abgewendeten Blicks einen Brocken zuwirft. Bei einiger Feinfühligkeit hätte er meiner Meinung nach uns auf Fehler aufmerksam machen können oder durch ein freundliches Wort aufmuntern. Aber auch nach Beendigung der Partie äußerte dieser unmenschliche Schachautomat keine Silbe, sondern wartete, nachdem er «Matt» gesagt, regungslos vor dem Tische, ob man noch eine zweite Partie von ihm wünsche. Schon war ich aufgestanden, um hilflos, wie man immer gegen dickfellige Grobheit bleibt, durch eine Geste anzudeuten, dass mit diesem erledigten Dollargeschäft wenigstens meinerseits das Vergnügen unserer Bekanntschaft beendet sei, als zu meinem Ärger neben mir McConnor mit ganz heiserer Stimme sagte: «Revanche!»

Ich erschrak geradezu über den herausfordernden Ton; tatsächlich bot McConnor in diesem Augenblick eher den Eindruck eines Boxers vor dem Losschlagen als den eines höflichen Gentlemans. War es die unangenehme Art der Behandlung, die uns Czentovic hatte zuteil werden lassen, oder nur sein pathologisch reizbarer Ehrgeiz – jedenfalls war McConnors Wesen vollkommen verändert. Rot im Gesicht bis hoch hinauf an das Stirnhaar, die Nüstern von innerem Druck stark aufgespannt, transpirierte er sichtlich, und von den verbissenen Lippen schnitt sich scharf eine Falte gegen sein kämpferisch vorgerecktes Kinn. Ich erkannte beunruhigt in seinem Auge jenes Flackern unbeherrschter Leidenschaft, wie sie sonst Menschen nur am Roulettetische ergreift, wenn zum sechsten oder siebenten Mal bei immer verdoppeltem Einsatz nicht die richtige Farbe kommt. In diesem Augenblick wusste ich, dieser fanatisch Ehrgeizige würde, und sollte es ihn sein ganzes Vermögen kosten, gegen Czentovic so lange spielen und spielen und spielen, einfach oder doubliert, bis er wenigstens ein einziges Mal eine Partie gewonnen. Wenn Czentovic durchhielt, so hatte er an McConnor eine Goldgrube gefunden, aus der er bis Buenos Aires ein paar Tausend Dollar schaufeln konnte.

Czentovic blieb unbewegt. «Bitte», antwortete er höflich. «Die Herren spielen jetzt Schwarz.»

Auch die zweite Partie bot kein verändertes Bild, außer dass durch einige Neugierige unser Kreis nicht nur größer, sondern auch lebhafter geworden war. McConnor blickte so starr auf das Brett, als wollte er die Figuren mit seinem Willen, zu gewinnen, magnetisieren; ich spürte ihm an, dass er auch tausend Dollar begeistert geopfert hätte für den Lustschrei «Matt!» gegen den kaltschnäuzigen Gegner. Merkwürdigerweise ging etwas von seiner verbissenen Erregung unbewusst in uns über. Jeder einzelne Zug wurde ungleich leidenschaftlicher diskutiert als vordem, immer hielten wir noch im letzten

Moment einer den andern zurück, ehe wir uns einigten, das Zeichen zu geben, das Czentovic an unseren Tisch zurückrief. Allmählich waren wir beim siebzehnten Zuge angelangt, und zu unserer eigenen Überraschung war eine Konstellation eingetreten, die verblüffend vorteilhaft schien, weil es uns gelungen war, den Bauern der c-Linie bis auf das vorletzte Feld c2 zu bringen; wir brauchten ihn nur vorzuschieben auf c1, um eine neue Dame zu gewinnen. Ganz behaglich war uns freilich nicht bei dieser allzu offenkundigen Chance; wir argwöhnten einmütig, dieser scheinbar von uns errungene Vorteil müsse von Czentovic, der doch die Situation viel weitblickender übersah, mit Absicht uns als Angelhaken zugeschoben sein. Aber trotz angestrengtem gemeinsamem Suchen und Diskutieren vermochten wir die versteckte Finte nicht wahrzunehmen. Schließlich, schon knapp am Rande der verstatteten Überlegungsfrist, entschlossen wir uns, den Zug zu wagen. Schon rührte McConnor den Bauern an, um ihn auf das letzte Feld zu schieben, als er sich jäh am Arm gepackt fühlte und jemand leise und heftig flüsterte: «Um Gottes willen! Nicht!»

Unwillkürlich wandten wir uns alle um. Ein Herr von etwa fünfundvierzig Jahren, dessen schmales, scharfes Gesicht mir schon vordem auf der Deckpromenade durch seine merkwürdige, fast kreidige Blässe aufgefallen war, musste in den letzten Minuten, indes wir unsere ganze Aufmerksamkeit dem Problem zuwandten, zu uns getreten sein. Hastig fügte er, unseren Blick spürend, hinzu:

«Wenn Sie jetzt eine Dame machen, schlägt er sie sofort mit dem Läufer c1, Sie nehmen mit dem Springer zurück. Aber inzwischen geht er mit seinem Freibauern auf d7, bedroht Ihren Turm, und auch wenn Sie mit dem Springer Schach sagen, verlieren Sie und sind nach neun bis zehn Zügen erledigt. Es ist beinahe dieselbe Konstellation, wie sie Aljechin gegen Bogoljubow 1922 im Pistyaner Großturnier initiiert hat.»

McConnor ließ erstaunt die Hand von der Figur und starrte nicht minder verwundert als wir alle auf den Mann, der wie ein unvermuteter Engel helfend vom Himmel kam. Jemand, der auf neun Züge im Voraus ein Matt berechnen konnte, musste ein Fachmann ersten Ranges sein, vielleicht sogar ein Konkurrent um die Meisterschaft, der zum gleichen Turnier reiste, und sein plötzliches Kommen und Eingreifen gerade in einem so kritischen Moment hatte etwas fast Übernatürliches. Als Erster fasste sich McConnor.

«Was würden Sie raten?», flüsterte er aufgeregt.

«Nicht gleich vorziehen, sondern zunächst ausweichen! Vor allem mit dem König abrücken aus der gefährdeten Linie von g8 auf h7. Er wird wahrscheinlich den Angriff dann auf die andere Flanke hinüberwerfen. Aber das parieren Sie mit Turm c8-c4; das kostet ihm zwei Tempi, einen Bauern und damit die Überlegenheit. Dann steht Freibauer gegen Freibauer, und wenn Sie sich richtig defensiv halten, kommen Sie noch auf Remis. Mehr ist nicht herauszuholen.»

Wir staunten abermals. Die Präzision nicht minder

als die Raschheit seiner Berechnung hatte etwas Verwirrendes; es war, als ob er die Züge aus einem gedruckten Buch ablesen würde. Immerhin wirkte die unvermutete Chance, dank seines Eingreifens unsere Partie gegen einen Weltmeister auf Remis zu bringen, zauberisch. Einmütig rückten wir zur Seite, um ihm freieren Blick auf das Brett zu gewähren. Noch einmal fragte McConnor:

«Also König g8 auf h7?»

«Jawohl! Ausweichen vor allem!»

McConnor gehorchte, und wir klopften an das Glas. Czentovic trat mit seinem gewohnt gleichmütigen Schritt an unseren Tisch und maß mit einem einzigen Blick den Gegenzug. Dann zog er auf dem Königsflügel den Bauern h2-h4, genau wie es unser unbekannter Helfer vorausgesagt. Und schon flüsterte dieser aufgeregt:

«Turm vor, Turm vor, c8 auf c4, er muss dann zuerst den Bauern decken. Aber das wird ihm nichts helfen! Sie schlagen, ohne sich um seinen Freibauern zu kümmern, mit dem Springer c3-d5, und das Gleichgewicht ist wiederhergestellt. Den ganzen Druck vorwärts, statt zu verteidigen!»

Wir verstanden nicht, was er meinte. Für uns war, was er sagte, Chinesisch. Aber schon einmal in seinem Bann, zog McConnor, ohne zu überlegen, wie jener geboten. Wir schlugen abermals an das Glas, um Czentovic zurückzurufen. Zum ersten Mal entschied er sich nicht rasch, sondern blickte gespannt auf das Brett. Dann tat er genau den Zug, den der Fremde uns angekündigt, und wandte sich zum Gehen. Jedoch ehe er zurücktrat, geschah etwas Neues und Unerwartetes. Czentovic hob den Blick und musterte unsere Reihen; offenbar wollte er herausfinden, wer ihm mit einem Mal so energischen Widerstand leistete.

Von diesem Augenblick an wuchs unsere Erregung ins Ungemessene. Bisher hatten wir ohne ernstliche Hoffnung gespielt, nun aber trieb der Gedanke, den kalten Hochmut Czentovics zu brechen, uns eine fliegende Hitze durch alle Pulse. Schon aber hatte unser neuer Freund den nächsten Zug angeordnet, und wir konnten – die Finger zitterten mir, als ich den Löffel an das Glas schlug – Czentovic zurückrufen. Und nun kam unser erster Triumph. Czentovic, der bisher immer nur im Stehen gespielt, zögerte, zögerte und setzte sich schließlich nieder. Er setzte sich langsam und schwerfällig; damit aber war schon rein körperlich das bisherige Von-oben-herab zwischen ihm und uns aufgehoben. Wir hatten ihn genötigt, sich wenigstens räumlich auf eine Ebene mit uns zu begeben. Er überlegte lange, die Augen unbeweglich auf das Brett gesenkt, sodass man kaum mehr die Pupillen unter den schwarzen Lidern wahrnehmen konnte, und im angestrengten Nachdenken öffnete sich ihm allmählich der Mund, was seinem runden Gesicht einen etwas einfältigen Ausdruck gab. Czentovic überlegte einige Minuten, dann tat er einen Zug und stand auf. Und schon flüsterte unser Freund:

«Ein Hinhaltezug! Gut gedacht! Aber nicht darauf eingehen! Abtausch forcieren, unbedingt Abtausch, dann kommen wir auf Remis, und kein Gott kann ihm helfen.»

McConnor gehorchte. Es begann in den nächsten Zügen zwischen den beiden – wir anderen waren längst zu leeren Statisten herabgesunken – ein uns unverständliches Hin und Her. Nach etwa sieben Zügen sah Czentovic nach längerem Nachdenken auf und erklärte: «Remis.»

Einen Augenblick herrschte totale Stille. Man hörte plötzlich die Wellen rauschen und das Radio aus dem Salon herüberjazzen, man vernahm jeden Schritt vom Promenadendeck und das leise, feine Sausen des Windes, der durch die Fugen der Fenster fuhr. Keiner von uns atmete, es war zu plötzlich gekommen und wir alle noch geradezu erschrocken über das Unwahrscheinliche, dass dieser Unbekannte dem Weltmeister in einer schon halb verlorenen Partie seinen Willen aufgezwungen haben sollte. McConnor lehnte sich mit einem Ruck zurück, der zurückgehaltene Atem fuhr ihm hörbar in einem beglückten «Ah!» von den Lippen. Ich wiederum beobachtete Czentovic. Schon bei den letzten Zügen hatte mir geschienen, als ob er blässer geworden sei. Aber er verstand sich gut zusammenzuhalten. Er verharrte in seiner scheinbar gleichmütigen Starre und fragte nur in lässiger Weise, während er die Figuren mit ruhiger Hand vom Brette schob:

«Wünschen die Herren noch eine dritte Partie?»

Er stellte die Frage rein sachlich, rein geschäftlich. Aber das Merkwürdige war, er hatte dabei nicht McConnor angeblickt, sondern scharf und gerade das Auge gegen unseren Retter erhoben. Wie ein Pferd am festeren Sitz einen neuen, einen besseren Reiter, musste er an den letzten Zügen seinen wirklichen, seinen eigentlichen Gegner erkannt haben. Unwillkürlich folgten wir seinem Blick und sahen gespannt auf den Fremden. Jedoch ehe dieser sich besinnen oder gar antworten konnte, hatte in seiner ehrgeizigen Erregung McConnor schon triumphierend ihm zugerufen:

«Selbstverständlich! Aber jetzt müssen Sie allein gegen ihn spielen! Sie allein gegen Czentovic!»

Doch nun ereignete sich etwas Unvorhergesehenes. Der Fremde, der merkwürdigerweise noch immer angestrengt auf das schon abgeräumte Schachbrett starrte, schrak auf, da er alle Blicke auf sich gerichtet und sich so begeistert angesprochen fühlte. Seine Züge verwirrten sich.

«Auf keinen Fall, meine Herren», stammelte er sichtlich betroffen. «Das ist völlig ausgeschlossen … ich komme gar nicht in Betracht … ich habe seit zwanzig, nein, fünfundzwanzig Jahren vor keinem Schachbrett gesessen … und ich sehe erst jetzt, wie ungehörig ich mich betragen habe, indem ich mich ohne Ihre Verstattung in Ihr Spiel einmengte … Bitte, entschuldigen Sie meine Vordringlichkeit … ich will gewiss nicht weiter stören.» Und noch ehe wir uns von unserer Überraschung zurechtfanden, hatte er sich bereits zurückgezogen und das Zimmer verlassen.

«Aber das ist doch ganz unmöglich!», dröhnte der temperamentvolle McConnor, mit der Faust aufschlagend. «Völlig ausgeschlossen, dass dieser Mann fünfundzwanzig Jahre nicht Schach gespielt haben soll! Er hat doch jeden Zug, jede Gegenpointe auf fünf, auf sechs Züge vorausberechnet. So etwas kann niemand aus dem Handgelenk. Das ist doch völlig ausgeschlossen – nicht wahr?»

Mit der letzten Frage hatte sich McConnor unwillkürlich an Czentovic gewandt. Aber der Weltmeister blieb unerschütterlich kühl.

«Ich vermag darüber kein Urteil abzugeben. Jedenfalls hat der Herr etwas befremdlich und interessant gespielt; deshalb habe ich ihm auch absichtlich eine Chance gelassen.» Gleichzeitig lässig aufstehend, fügte er in seiner sachlichen Art hinzu:

«Sollte der Herr oder die Herren morgen eine abermalige Partie wünschen, so stehe ich von drei Uhr ab zur Verfügung.»

Wir konnten ein leises Lächeln nicht unterdrücken. Jeder von uns wusste, dass Czentovic unserem unbekannten Helfer keineswegs großmütig eine Chance gelassen und diese Bemerkung nichts anderes als eine naive Ausflucht war, um sein eigenes Versagen zu maskieren. Umso heftiger wuchs unser Verlangen, einen derart unerschütterlichen Hochmut gedemütigt zu sehen. Mit einem Mal war über uns friedliche, lässige Bordbewohner eine wilde, ehrgeizige Kampflust gekommen, denn der Gedanke, dass gerade auf unserem Schiff mitten auf dem Ozean dem Schachmeister die Palme entrungen werden könnte – ein Rekord, der dann von allen

Telegrafenbüros über die ganze Welt hingeblitzt würde –, faszinierte uns in herausforderndster Weise. Dazu kam noch der Reiz des Mysteriösen, der von dem unerwarteten Eingreifen unseres Retters gerade im kritischen Moment ausging, und der Kontrast seiner fast ängstlichen Bescheidenheit mit dem unerschütterlichen Selbstbewusstsein des Professionellen. Wer war dieser Unbekannte? Hatte hier der Zufall ein noch unentdecktes Schachgenie zutage gefördert? Oder verbarg uns aus einem unerforschlichen Grunde ein berühmter Meister seinen Namen? Alle diese Möglichkeiten erörterten wir in aufgeregtester Weise, selbst die verwegensten Hypothesen waren uns nicht verwegen genug, um die rätselhafte Scheu und das überraschende Bekenntnis des Fremden mit seiner doch unverkennbaren Spielkunst in Einklang zu bringen. In einer Hinsicht jedoch blieben wir alle einig: keinesfalls auf das Schauspiel eines neuerlichen Kampfes zu verzichten. Wir beschlossen, alles zu versuchen, damit unser Helfer am nächsten Tage eine Partie gegen Czentovic spiele, für deren materielles Risiko McConnor aufzukommen sich verpflichtete. Da sich inzwischen durch Umfrage beim Steward herausgestellt hatte, dass der Unbekannte ein Österreicher sei, wurde mir als seinem Landsmann der Auftrag zugeteilt, ihm unsere Bitte zu unterbreiten.

Ich benötigte nicht lange, um auf dem Promenadendeck den so eilig Entflüchteten aufzufinden. Er lag auf seinem Deckchair und las. Ehe ich auf ihn zutrat, nahm ich die Gelegenheit wahr, ihn zu betrachten. Der scharf geschnittene Kopf ruhte in der Haltung leichter Ermüdung auf dem Kissen; abermals fiel mir die merkwürdige Blässe des verhältnismäßig jungen Gesichtes besonders auf, dem die Haare blendend weiß die Schläfen rahmten; ich hatte, ich weiß nicht warum, den Eindruck, dieser Mann müsse plötzlich gealtert sein. Kaum ich auf ihn zutrat, erhob er sich höflich und stellte sich mit einem Namen vor, der mir sofort vertraut war als der einer hoch angesehenen altösterreichischen Familie. Ich erinnerte mich, dass ein Träger dieses Namens zu dem engsten Freundeskreise Schuberts gehört hatte und auch einer der Leibärzte des alten Kaisers dieser Familie entstammte. Als ich Dr. B. unsere Bitte übermittelte, die Herausforderung Czentovics anzunehmen, war er sichtlich verblüfft. Es erwies sich, dass er keine Ahnung gehabt hatte, bei jener Partie einen Weltmeister, und gar den zur Zeit erfolgreichsten, ruhmreich bestanden zu haben. Aus irgendeinem Grunde schien diese Mitteilung auf ihn besonderen Eindruck zu machen, denn er erkundigte sich immer und immer wieder von Neuem, ob ich dessen gewiss sei, dass sein Gegner tatsächlich ein anerkannter Weltmeister gewesen. Ich merkte bald, dass dieser Umstand meinen Auftrag erleichterte, und hielt es nur, seine Feinfühligkeit spürend, für ratsam, ihm zu verschweigen, dass das materielle Risiko einer allfälligen Niederlage zulasten von McConnors Kasse ginge. Nach längerem Zögern erklärte sich Dr. B. schließlich zu einem Match bereit, doch nicht ohne ausdrücklich gebeten zu haben, die anderen Herren nochmals zu warnen, sie möchten keineswegs auf sein Können übertriebene Hoffnungen setzen.

«Denn», fügte er mit einem versonnenen Lächeln hinzu, «ich weiß wahrhaftig nicht, ob ich fähig bin, eine Schachpartie nach allen Regeln richtig zu spielen. Bitte glauben Sie mir, dass es keineswegs falsche Bescheidenheit war, wenn ich sagte, dass ich seit meiner Gymnasialzeit, also seit mehr als zwanzig Jahren, keine Schachfigur mehr berührt habe. Und selbst zu jener Zeit galt ich bloß als Spieler ohne sonderliche Begabung.»

Er sagte dies in einer so natürlichen Weise, dass ich nicht den leisesten Zweifel an seiner Aufrichtigkeit hegen durfte. Dennoch konnte ich nicht umhin, meiner Verwunderung Ausdruck zu geben, wie genau er an jede einzelne Kombination der verschiedensten Meister sich erinnern könne; immerhin müsse er sich doch wenigstens theoretisch mit Schach viel beschäftigt haben. Dr. B. lächelte abermals in jener merkwürdig traumhaften Art.

«Viel beschäftigt! – Weiß Gott, das kann man wohl sagen, dass ich mich mit Schach viel beschäftigt habe. Aber das geschah unter ganz besonderen, ja völlig einmaligen Umständen. Es war dies eine ziemlich komplizierte Geschichte, und sie könnte allenfalls als kleiner Beitrag gelten zu unserer lieblichen großen Zeit. Wenn Sie eine halbe Stunde Geduld haben …»

Er hatte auf den Deckchair neben sich gedeutet. Gerne folgte ich seiner Einladung. Wir waren ohne Nachbarn. Dr. B. nahm die Lesebrille von den Augen, legte sie zur Seite und begann:

«Sie waren so freundlich, zu äußern, dass Sie sich als Wiener des Namens meiner Familie erinnerten. Aber ich vermute, Sie werden kaum von der Rechtsanwaltskanzlei gehört haben, die ich gemeinsam mit meinem Vater und späterhin allein leitete, denn wir führten keine Causen, die publizistisch in der Zeitung abgehandelt wurden, und vermieden aus Prinzip neue Klienten. In Wirklichkeit hatten wir eigentlich gar keine richtige Anwaltspraxis mehr, sondern beschränkten uns ausschließlich auf die Rechtsberatung und vor allem Vermögensverwaltung der großen Klöster, denen mein Vater als früherer Abgeordneter der klerikalen Partei nahestand. Außerdem war uns – heute, da die Monarchie der Geschichte angehört, darf man wohl schon darüber sprechen – die Verwaltung der Fonds einiger Mitglieder der kaiserlichen Familie anvertraut. Diese Verbindung zum Hof und zum Klerus – mein Onkel war Leibarzt des Kaisers, ein anderer Abt in Seitenstetten – reichten schon zwei Generationen zurück; wir hatten sie nur zu erhalten, und es war eine stille, eine, möchte ich sagen, lautlose Tätigkeit, die uns durch dies ererbte Vertrauen zugeteilt war, eigentlich nicht viel mehr erfordernd als strengste Diskretion und Verlässlichkeit, zwei Eigenschaften, die mein verstorbener Vater im höchsten Maße besaß; ihm ist es tatsächlich gelungen, sowohl in den Inflationsjahren als in jenen des Umsturzes durch seine Umsicht seinen Klienten beträchtliche Vermögenswerte zu erhalten. Als dann Hitler in Deutschland ans Ruder kam und gegen den Besitz der Kirche und der Klöster seine Raubzüge begann, gingen auch von jenseits der Grenze mancherlei Verhandlungen und Transaktionen, um wenigstens den mobilen Besitz vor Beschlagnahme zu retten, durch unsere Hände, und von gewissen geheimen politischen Verhandlungen der Kurie und des Kaiserhauses wussten wir beide mehr, als die Öffentlichkeit je erfahren wird. Aber gerade die Unauffälligkeit unserer Kanzlei – wir führten nicht einmal ein Schild an der Tür – sowie die Vorsicht, dass wir beide alle Monarchistenkreise ostentativ mieden, bot sichersten Schutz vor unberufenen Nachforschungen. De facto hat in all diesen Jahren keine Behörde in Österreich jemals vermutet, dass die geheimen Kuriere des Kaiserhauses ihre wichtigste Post immer gerade in unserer unscheinbaren Kanzlei im vierten Stock abholten oder abgaben.

Nun hatten die Nationalsozialisten, längst ehe sie ihre Armeen gegen die Welt aufrüsteten, eine andere ebenso gefährliche und geschulte Armee in allen Nachbarländern zu organisieren begonnen, die Legion der Benachteiligten, der Zurückgesetzten, der Gekränkten. In jedem Amt, in jedem Betrieb waren ihre sogenannten ‹Zellen› eingenistet, an jeder Stelle bis hinauf in die Privatzimmer von Dollfuß und Schuschnigg saßen ihre Horchposten und Spione. Selbst in unserer unscheinbaren Kanzlei hatten sie, wie ich leider erst zu spät erfuhr, ihren Mann. Es war freilich nicht mehr als ein jämmerlicher und talentloser Kanzlist, den ich auf Empfehlung eines Pfarrers einzig deshalb angestellt hatte, um der Kanzlei nach außen hin den Anschein eines regulären Betriebes zu geben; in Wirklichkeit verwendeten wir ihn zu nichts anderem als zu unschuldigen Botengängen, ließen ihn das Telefon bedienen und die Akten ordnen, das heißt jene Akten, die völlig gleichgültig und unbedenklich waren. Die Post durfte er niemals öffnen, alle wichtigen Briefe schrieb ich, ohne Kopien zu hinterlegen, eigenhändig mit der Maschine, jedes wesentliche Dokument nahm ich selbst nach Hause und verlegte geheime Besprechungen ausschließlich in die Priorei des Klosters oder in das Ordinationszimmer meines Onkels. Dank dieser Vorsichtsmaßnahmen bekam dieser Horchposten von den wesentlichen Vorgängen nichts zu sehen; aber durch einen unglücklichen Zufall musste der ehrgeizige und eitle Bursche bemerkt haben, dass man ihm misstraute und hinter seinem Rücken allerlei Interessantes geschah. Vielleicht hat einmal in meiner Abwesenheit einer der Kuriere unvorsichtigerweise von ‹Seiner Majestät› gesprochen, statt, wie vereinbart, vom ‹Baron Bern›, oder der Lump musste Briefe widerrechtlich geöffnet haben – jedenfalls holte er sich, ehe ich Verdacht schöpfen konnte, von München oder Berlin Auftrag, uns zu überwachen. Erst viel später, als ich längst in Haft saß, erinnerte ich mich, dass seine anfängliche Lässigkeit im Dienst sich in den letzten Monaten in plötzlichen Eifer verwandelt und er sich mehrfach beinahe zudringlich angeboten hatte, meine Korrespondenz zur Post zu bringen. Ich kann mich von einer gewissen Unvorsichtigkeit also nicht freisprechen, aber sind schließlich nicht auch die größten Diplomaten und Militärs von der Hitlerei heimtückisch überspielt worden? Wie genau und liebevoll die Gestapo mir längst ihre Aufmerksamkeit zugewandt hatte, erwies dann äußerst handgreiflich der Umstand, dass noch am selben Abend, da Schuschnigg seine Abdankung bekannt gab, und einen Tag, ehe Hitler in Wien einzog, ich bereits von SS-Leuten festgenommen war. Es war mir glücklicherweise noch gelungen, die allerwichtigsten Papiere zu verbrennen, kaum ich die Abschiedsrede Schuschniggs gehört, und den Rest der Dokumente mit den unentbehrlichen Belegen für die im Ausland deponierten Vermögenswerte der Klöster und zweier Erzherzoge schickte ich – wirklich in der letzten Minute, ehe die Burschen mir die Tür einhämmerten – in einem Wäschekorb versteckt durch meine alte, verlässliche Haushälterin zu meinem Onkel hinüber.»

Dr. B. unterbrach, um sich eine Zigarre anzuzünden. Bei dem aufflackernden Licht bemerkte ich, dass ein nervöses Zucken um seinen rechten Mundwinkel lief, das mir schon vorher aufgefallen war und, wie ich beobachten konnte, sich jede paar Minuten wiederholte. Es war nur eine flüchtige Bewegung, kaum stärker als ein Hauch, aber sie gab dem ganzen Gesicht eine merkwürdige Unruhe.

«Sie vermuten nun wahrscheinlich, dass ich Ihnen jetzt vom Konzentrationslager erzählen werde, in das doch alle jene übergeführt wurden, die unserem alten Österreich die Treue gehalten, von den Erniedrigungen, Martern, Torturen, die ich dort erlitten. Aber nichts dergleichen geschah. Ich kam in eine andere Kategorie. Ich wurde nicht zu jenen Unglücklichen getrieben, an denen man mit körperlichen und seelischen Erniedrigungen ein lang aufgespartes Ressentiment austobte, sondern jener anderen, ganz kleinen Gruppe zugeteilt, aus der die Nationalsozialisten entweder Geld oder wichtige Informationen herauszupressen hofften. An sich war meine bescheidene Person natürlich der Gestapo völlig uninteressant. Sie musste aber erfahren haben, dass wir die Strohmänner, die Verwalter und Vertrauten ihrer erbittertsten Gegner gewesen, und was sie von mir zu erpressen hofften, war belastendes Material: Material gegen die Klöster, denen sie Vermögensschiebungen nachweisen wollten, Material gegen die kaiserliche Familie und all jene, die in Österreich sich aufopfernd für die Monarchie eingesetzt. Sie vermuteten – und wahrhaftig nicht zu Unrecht –, dass von jenen Fonds, die durch unsere Hände gegangen waren, wesentliche Bestände sich noch, ihrer Raublust unzugänglich, versteckten; sie holten mich darum gleich am ersten Tag heran, um mit ihren bewährten Methoden mir diese Geheimnisse abzuzwingen. Leute meiner Kategorie, aus denen wichtiges Material oder Geld herausgepresst werden sollte, wurden deshalb nicht in Konzentrationslager abgeschoben, sondern für eine besondere Behandlung aufgespart. Sie erinnern sich vielleicht, dass unser Kanzler und andererseits der Baron Rothschild, dessen Verwandten sie Millionen abzunötigen hofften, keineswegs hinter Stacheldraht in ein Gefangenenlager gesetzt wurden, sondern unter scheinbarer Bevorzugung in ein Hotel, das Hotel Metropole, das zugleich Hauptquartier der Gestapo war, übergeführt, wo jeder ein abgesondertes Zimmer erhielt. Auch mir unscheinbarem Mann wurde diese Auszeichnung erwiesen.

Ein eigenes Zimmer in einem Hotel – nicht wahr, das klingt an sich äußerst human? Aber Sie dürfen mir glauben, dass man uns keineswegs eine humanere, sondern nur eine raffiniertere Methode zudachte, wenn man uns ‹Prominente› nicht zu zwanzig in eine eiskalte Baracke stopfte, sondern in einem leidlich geheizten und separaten Hotelzimmer behauste. Denn die Pression, mit der man uns das benötigte ‹Material› abzwingen wollte, sollte auf subtilere Weise funktionieren als durch rohe Prügel oder körperliche Folterung: durch die denkbar raffinierteste Isolierung. Man tat uns nichts – man stellte uns nur in das vollkommene Nichts, denn bekanntlich erzeugt kein Ding auf Erden einen solchen Druck auf die menschliche Seele wie das Nichts. Indem man uns jeden einzeln in ein völliges Vakuum sperrte, in ein Zimmer, das hermetisch von der Außenwelt abgeschlossen war, sollte, statt von außen durch Prügel und Kälte, jener Druck von innen erzeugt werden, der uns schließlich die Lippen aufsprengte. Auf den ersten Blick sah das mir angewiesene Zimmer durchaus nicht unbehaglich aus. Es hatte eine Tür, ein Bett, einen Sessel, eine Waschschüssel, ein vergittertes Fenster. Aber die Tür blieb Tag und Nacht verschlossen, auf dem Tisch durfte kein Buch, keine Zeitung, kein Blatt Papier, kein Bleistift liegen, das Fenster starrte eine Feuermauer an; rings um mein Ich und selbst an meinem eigenen Körper war das vollkommene Nichts konstruiert. Man hatte mir jeden Gegenstand abgenommen, die Uhr, damit ich nicht wisse um die Zeit, den Bleistift, dass ich nicht etwa schreiben könne, das Messer, damit ich mir nicht die Adern öffnen könne; selbst die kleinste Betäubung wie eine Zigarette wurde mir versagt. Nie sah ich außer dem Wärter, der kein Wort sprechen und auf keine Frage antworten durfte, ein menschliches Gesicht, nie hörte ich eine menschliche Stimme; Auge, Ohr, alle Sinne bekamen von morgens bis nachts und von nachts bis morgens nicht die geringste Nahrung, man blieb mit sich, mit seinem Körper und den vier oder fünf stummen Gegenständen Tisch, Bett, Fenster, Waschschüssel rettungslos allein; man lebte wie ein Taucher unter der Glasglocke im schwarzen Ozean dieses Schweigens und wie ein Taucher sogar, der schon ahnt, dass das Seil nach der Außenwelt abgerissen ist und er nie zurückgeholt werden wird aus der lautlosen Tiefe. Es gab nichts zu tun, nichts zu hören, nichts zu sehen, überall und ununterbrochen war um einen das Nichts, die völlig raumlose und zeitlose Leere. Man ging auf und ab, und mit einem gingen die Gedanken auf und ab, auf und ab, immer wieder. Aber selbst Gedanken, so substanzlos sie scheinen, brauchen einen Stützpunkt, sonst beginnen sie zu rotieren und sinnlos um sich selbst zu kreisen; auch sie ertragen nicht das Nichts. Man wartete auf etwas, von morgens bis abends, und es geschah nichts. Man wartete wieder und wieder. Es geschah nichts. Man wartete, wartete,

wartete, man dachte, dachte, man dachte, bis einem die Schläfen schmerzten. Nichts geschah. Man blieb allein. Allein. Allein.

Das dauerte vierzehn Tage, die ich außerhalb der Zeit, außerhalb der Welt lebte. Wäre damals ein Krieg ausgebrochen, ich hätte es nicht erfahren; meine Welt bestand doch nur aus Tisch, Tür, Bett, Waschschüssel, Sessel, Fenster und Wand, und immer starrte ich auf dieselbe Tapete an derselben Wand; jede Linie ihres gezackten Musters hat sich wie mit ehernem Stichel eingegraben bis in die innerste Falte meines Gehirns, so oft habe ich sie angestarrt. Dann endlich begannen die Verhöre. Man wurde plötzlich abgerufen, ohne recht zu wissen, ob es Tag war oder Nacht. Man wurde gerufen und durch ein paar Gänge geführt, man wusste nicht wohin; dann wartete man irgendwo und wusste nicht wo und stand plötzlich vor einem Tisch, um den ein paar uniformierte Leute saßen. Auf dem Tisch lag ein Stoß Papier: die Akten, von denen man nicht wusste, was sie enthielten, und dann begannen die Fragen, die echten und die falschen, die klaren und die tückischen, die Deckfragen und Fangfragen, und während man antwortete, blätterten fremde, böse Finger in den Papieren, von denen man nicht wusste, was sie enthielten, und fremde, böse Finger schrieben etwas in ein Protokoll, und man wusste nicht, was sie schrieben. Aber das Fürchterlichste bei diesen Verhören für mich war, dass ich nie erraten und errechnen konnte, was die Gestapoleute von den Vorgängen in meiner Kanzlei tatsächlich wussten und was sie erst aus mir herausholen wollten. Wie ich Ihnen bereits sagte, hatte ich die eigentlich belastenden Papiere meinem Onkel in letzter Stunde durch die Haushälterin geschickt. Aber hatte er sie erhalten? Hatte er sie nicht erhalten? Und wie viel hatte jener Kanzlist verraten? Wie viel hatten sie an Briefen aufgefangen, wie viel inzwischen in den deutschen Klöstern, die wir vertraten, einem ungeschickten Geistlichen vielleicht schon abgepresst? Und sie fragten und fragten. Welche Papiere ich für jenes Kloster gekauft, mit welchen Banken ich korrespondiert, ob ich einen Herrn Soundso kenne oder nicht, ob ich Briefe aus der Schweiz erhalten und aus Steenookerzeel? Und da ich nie errechnen konnte, wie viel sie schon ausgekundschaftet hatten, wurde jede Antwort zur ungeheuersten Verantwortung. Gab ich etwas zu, was ihnen nicht bekannt war, so lieferte ich vielleicht unnötig jemanden ans Messer. Leugnete ich zu viel ab, so schädigte ich mich selbst.

Aber das Verhör war noch nicht das Schlimmste. Das Schlimmste war das Zurückkommen nach dem Verhör in mein Nichts, in dasselbe Zimmer mit demselben Tisch, demselben Bett, derselben Waschschüssel, derselben Tapete. Denn kaum allein mit mir, versuchte ich zu rekonstruieren, was ich am klügsten hätte antworten sollen und was ich das nächste Mal sagen müsste, um den Verdacht wieder abzulenken, den ich vielleicht mit einer unbedachten Bemerkung heraufbeschworen. Ich überlegte, ich durchdachte, ich durchforschte, ich überprüfte meine eigene Aussage auf jedes Wort, das ich dem Untersuchungsrichter gesagt, ich rekapitulierte jede Frage, die sie gestellt, jede Antwort, die ich gegeben, ich versuchte zu erwägen, was sie davon protokolliert haben könnten, und wusste doch, dass ich das nie errechnen und erfahren könnte. Aber diese Gedanken, einmal angekurbelt im leeren Raum, hörten nicht auf, im Kopf zu rotieren, immer wieder von Neuem, in immer anderen Kombinationen, und das ging hinein bis in den Schlaf; jedes Mal nach einer Vernehmung durch die Gestapo übernahmen ebenso unerbittlich meine eigenen Gedanken die Marter des Fragens und Forschern und Quälens, und vielleicht noch grausamer sogar, denn jene Vernehmungen endeten doch immerhin nach einer Stunde, und diese nie, dank der tückischen Tortur dieser Einsamkeit. Und immer um mich nur der Tisch, der Schrank, das Bett, die Tapete, das Fenster, keine Ablenkung, kein Buch, keine Zeitung, kein fremdes Gesicht, kein Bleistift, um etwas zu notieren, kein Zündholz, um damit zu spielen, nichts, nichts, nichts. Jetzt erst gewahrte ich, wie teuflisch sinnvoll, wie psychologisch mörderisch erdacht dieses System des Hotelzimmers war. Im Konzentrationslager hätte man vielleicht Steine karren müssen, bis einem die Hände bluteten und die Füße in den Schuhen abfroren, man wäre zusammengepackt gelegen mit zwei Dutzend Menschen in Stank und Kälte. Aber man hätte Gesichter gesehen, man hätte ein Feld, einen Karren, einen Baum, einen Stern, irgend-, irgendetwas anstarren können, indes hier immer dasselbe um einen stand, immer dasselbe, das entsetzliche Dasselbe. Hier war nichts, was mich ablenken konnte von meinen Gedanken, von meinen Wahnvorstellungen, von meinem krankhaften Rekapitulieren. Und gerade das beabsichtigten sie – ich sollte doch würgen und würgen an meinen Gedanken, bis sie mich erstickten und ich nicht anders konnte, als sie schließlich ausspeien, als auszusagen, alles auszusagen, was sie wollten, endlich das Material und die Menschen auszuliefern. Allmählich spürte ich, wie meine Nerven unter diesem grässlichen Druck des Nichts sich zu lockern begannen, und ich spannte, der Gefahr bewusst, bis zum Zerreißen meine Nerven, irgendeine Ablenkung zu finden oder zu erfinden. Um mich zu beschäftigen, versuchte ich alles, was ich jemals auswendig gelernt, zu rezitieren und zu rekonstruieren, die Volkshymne und die Spielreime der Kinderzeit, den Homer des Gymnasiums, die Paragrafen des Bürgerlichen Gesetzbuches. Dann versuchte ich zu rechnen, beliebige Zahlen zu addieren, zu dividieren, aber mein Gedächtnis hatte im Leeren keine festhaltende Kraft. Ich konnte mich auf nichts konzentrieren. Immer fuhr und flackerte derselbe Gedanke dazwischen: Was wissen sie? Was habe ich gestern gesagt, was muss ich das nächste Mal sagen?

Dieser eigentlich unbeschreibbare Zustand dauerte vier Monate. Nun – vier Monate, das schreibt sich leichthin: nicht mehr als ein Buchstabe! Das spricht sich leicht aus: vier Monate – vier Silben. In einer Viertelstunde hat die Lippe rasch so einen Laut artikuliert: vier Monate! Aber niemand kann schildern, kann messen, kann veranschaulichen, nicht einem andern, nicht sich selbst, wie lange eine Zeit im Raumlosen, im Zeitlosen währt, und keinem kann man erklären, wie es einen zerfrisst und zerstört, dieses Nichts und Nichts und Nichts um einen, dies immer nur Tisch und Bett und Waschschüssel und Tapete, und immer das Schweigen, immer derselbe Wärter, der, ohne einen anzusehen, das Essen hereinschiebt, immer dieselben Gedanken, die im Nichts um das eine kreisen, bis man irre wird. An kleinen Zeichen wurde ich beunruhigt gewahr, dass mein Gehirn in Unordnung geriet. Im Anfang war ich bei den Vernehmungen noch innerlich klar gewesen, ich hatte ruhig und überlegt ausgesagt; jenes Doppeldenken, was ich sagen sollte und was nicht, hatte noch funktioniert. Jetzt könne ich schon die einfachsten Sätze nur mehr stammelnd artikulieren, denn während ich aussagte, starrte ich hypnotisiert auf die Feder, die protokollierend über das Papier lief, als wollte ich meinen eigenen Worten nachlaufen. Ich spürte, meine Kraft ließ nach, ich spürte, immer näher rückte der Augenblick, in dem ich, um mich zu retten, alles sagen würde, was ich wusste und vielleicht noch mehr, indem ich, um dem Würgen dieses Nichts zu entkommen, zwölf Menschen und ihre Geheimnisse verraten würde, ohne mir selbst damit mehr zu schaffen als einen Atemzug Rast. An einem Abend war es wirklich schon so weit: Als der Wärter zufällig in diesem Augenblick des Erstickens mir das Essen brachte, schrie ich ihm plötzlich nach: ‹Führen Sie mich zur Vernehmung! Ich will alles sagen! Ich will alles aussagen! Ich will sagen, wo die Papiere sind, wo das Geld liegt! Alles werde ich sagen, alles!› Glücklicherweise hörte er mich nicht mehr. Vielleicht wollte er mich auch nicht hören.

In dieser äußersten Not ereignete sich nun etwas Unvorhergesehenes, was Rettung bot, Rettung zum Mindesten für eine gewisse Zeit. Es war Ende Juli, ein dunkler, verhangener, regnerischer Tag: ich erinnere mich an diese Einzelheit deshalb ganz genau, weil der Regen gegen die Scheiben im Gang trommelte, durch den ich zur Vernehmung geführt wurde. Im Vorzimmer des Untersuchungsrichters musste ich warten. Immer musste man bei jeder Vorführung warten: auch dieses Wartenlassen gehörte zur Technik. Erst riss man einem die Nerven auf durch den Anruf, durch das plötzliche Abholen aus der Zelle mitten in der Nacht, und dann, wenn man schon eingestellt war auf die Vernehmung, schon Verstand und Willen gespannt hatte zum Widerstand, ließen sie einen warten, sinnlos, sinnlos warten, eine Stunde, zwei Stunden, drei Stunden vor der Vernehmung, um den Körper müde und die Seele mürbezumachen. Und man ließ mich besonders lange warten an diesem Donnerstag, dem 27. Juli, zwei geschlagene Stunden im Vorzimmer stehend warten; ich erinnere mich auch an dieses Datum aus einem bestimmten Grunde so genau, denn in diesem Vorzimmer, wo ich – selbstverständlich, ohne mich niedersetzen zu dürfen – zwei Stunden mir die Beine in den Leib stehen musste, hing ein Kalender, und ich vermag Ihnen nicht zu erklären, wie in meinem Hunger nach Gedrucktem, nach Geschriebenem ich diese eine Zahl, diese wenigen Worte ‹27. Juli› an der Wand anstarrte und anstarrte; ich fraß sie gleichsam in mein Gehirn hinein. Und dann wartete ich wieder und wartete und starrte auf die Tür, wann sie sich endlich öffnen würde, und überlegte zugleich, was die Inquisitoren mich diesmal fragen könnten, und wusste doch, dass sie mich etwas ganz anderes fragen würden, als worauf ich mich vorbereitete. Aber trotz alledem war die Qual dieses Wartens und Stehens zugleich eine Wohltat, eine Lust, weil dieser Raum immerhin ein anderes Zimmer war als das meine, etwas größer und mit zwei Fenstern statt einem, und ohne das Bett und ohne die Waschschüssel und ohne den bestimmten Riss am Fensterbrett, den ich millionen Mal betrachtet. Die Tür war anders gestrichen, ein anderer Sessel stand an der Wand und links ein Registerschrank mit Akten sowie eine Garderobe mit Aufhängern, an denen drei oder vier nasse Militärmäntel, die Mäntel meiner Folterknechte, hingen. Ich hatte also etwas Neues, etwas anderes zu betrachten, endlich einmal etwas anderes mit meinen ausgehungerten Augen, und sie krallten sich gierig an jede Einzelheit. Ich beobachtete an diesen Mänteln jede Falte, ich bemerkte zum Beispiel einen Tropfen, der von einem der nassen Kragen niederhing, und so lächerlich es für Sie klingen mag, ich wartete mit einer unsinnigen Erregung, ob dieser Tropfen endlich abrinnen wollte, die Falte entlang, oder ob er noch gegen die Schwerkraft sich wehren und länger haften bleiben würde – ja, ich starrte und starrte minutenlang atemlos auf diesen Tropfen, als hinge mein Leben daran. Dann, als er endlich niedergerollt war, zählte ich wieder die Knöpfe auf den Mänteln nach, acht an dem einen Rock, acht an dem andern, zehn an dem dritten, dann wieder verglich ich die Aufschläge; alle diese lächerlichen, unwichtigen Kleinigkeiten betasteten, umspielten, umgriffen meine verhungerten Augen mit einer Gier, die ich nicht zu beschreiben vermag. Und plötzlich blieb mein Blick starr an etwas haften. Ich hatte entdeckt, dass an einem der Mäntel die Seitentasche etwas aufgebauscht war. Ich trat näher heran und glaubte an der rechteckigen Form der Ausbuchtung zu erkennen, was diese etwas geschwellte Tasche in sich barg: ein Buch! Mir begannen die Knie zu zittern: ein BUCH! Vier Monate lang hatte ich kein Buch in der Hand gehabt, und schon die bloße Vorstellung eines Buches, in dem man aneinandergereihte Worte sehen konnte, Zeilen, Seiten und Blätter, eines Buches, aus dem man andere, neue, fremde, ablenkende Gedanken lesen, verfolgen, sich ins Hirn nehmen könnte, hatte etwas Berauschendes und gleichzeitig Betäubendes. Hypnotisiert starrten meine Augen auf die kleine Wölbung, die jenes Buch innerhalb der Tasche formte, sie glühten diese eine unscheinbare Stelle an, als ob sie ein Loch in den Mantel brennen wollten. Schließlich konnte ich meine Gier nicht verhalten; unwillkürlich schob ich mich näher heran. Schon der Gedanke, ein Buch durch den Stoff mit den Händen wenigstens antasten zu können, machte mir die Nerven in den Fingern bis zu den Nägeln glühen. Fast ohne es zu wissen, drückte ich mich immer näher heran. Glücklicherweise achtete der Wärter nicht auf mein gewiss sonderbares Gehaben; vielleicht auch schien es ihm nur natürlich, dass ein Mensch nach zwei Stunden aufrechten Stehens sich ein wenig an die Wand lehnen wollte. Schließlich stand ich schon ganz nahe bei dem Mantel, und mit Absicht hatte ich die Hände hinter mich auf den Rücken gelegt, damit sie unauffällig den Mantel berühren könnten. Ich tastete den Stoff an und fühlte tatsächlich durch den Stoff etwas Rechteckiges, etwas, das biegsam war und leise knisterte – ein Buch! Ein Buch! Und wie ein Schuss durchzuckte mich der Gedanke: stiehl dir das Buch! Vielleicht gelingt es, und du kannst dir's in der Zelle verstecken und dann lesen, lesen, lesen, endlich wieder einmal lesen! Der Gedanke, kaum in mich gedrungen, wirkte wie ein starkes Gift; mit einem Mal begannen mir die Ohren zu brausen und das Herz zu hämmern, meine Hände wurden eiskalt und gehorchten nicht mehr. Aber nach der ersten Betäubung drängte ich mich leise und listig noch näher an den Mantel, ich drückte, immer dabei den Wächter fixierend, mit den hinter dem Rücken versteckten Händen das Buch von unten aus der Tasche höher und höher. Und dann: ein Griff, ein leichter, vorsichtiger Zug, und plötzlich hatte ich das kleine, nicht sehr umfangreiche Buch in der Hand. Jetzt erst erschrak ich vor meiner Tat. Aber ich konnte nicht mehr zurück. Jedoch wohin damit? Ich schob den Band hinter meinem Rücken unter die Hose an die Stelle, wo sie der Gürtel hielt, und von dort allmählich hinüber an die Hüfte, damit ich es beim Gehen mit der Hand militärisch an der Hosennaht festhalten könnte. Nun galt es die erste Probe. Ich trat von der Garderobe weg, einen Schritt, zwei Schritte, drei Schritte. Es ging. Es war möglich, das Buch im Gehen festzuhalten, wenn ich nur die Hand fest an den Gürtel presste.

Dann kam die Vernehmung. Sie erforderte meinerseits mehr Anstrengung als je, denn eigentlich konzentrierte ich meine ganze Kraft, während ich antwortete, nicht auf meine Aussage, sondern vor allem darauf, das Buch unauffällig festzuhalten. Glücklicherweise fiel das Verhör diesmal kurz aus, und ich brachte das Buch heil in mein Zimmer – ich will Sie nicht aufhalten mit all den Einzelheiten, denn einmal rutschte es von der Hose gefährlich ab mitten im Gang, und ich musste einen schweren Hustenanfall simulieren, um mich niederzubücken und es wieder heil unter den Gürtel zurückzuschieben. Aber welch eine Sekunde dafür, als ich damit in meine Hölle zurücktrat, endlich allein und doch nie mehr allein!

Nun vermuten Sie wahrscheinlich, ich hätte sofort das Buch gepackt, betrachtet, gelesen. Keineswegs! Erst wollte ich die Vorlust auskosten, dass ich ein Buch bei mir hatte, die künstlich verzögernde und meine Nerven wunderbar erregende Lust, mir auszuträumen, welche Art Buch dies gestohlene am liebsten sein sollte: sehr eng gedruckt vor allem, viele, viele Lettern enthaltend, viele, viele dünne Blätter, damit ich länger daran zu lesen hätte. Und dann wünschte ich mir, es sollte ein Werk sein, das mich geistig anstrengte, nichts Flaches, nichts Leichtes, sondern etwas, das man lernen, auswendig lernen konnte, Gedichte und am besten – welcher verwegene Traum! – Goethe oder Homer. Aber schließlich konnte ich meine Gier, meine Neugier nicht länger verhalten. Hingestreckt auf das Bett, sodass der Wärter, wenn er plötzlich die Tür aufmachen sollte, mich nicht ertappen könnte, zog ich zitternd unter dem Gürtel den Band heraus.

Der erste Blick war eine Enttäuschung und sogar eine Art erbitterter Ärger: dieses mit so ungeheurer Gefahr erbeutete, mit so glühender Erwartung aufgesparte Buch war nichts anderes als ein Schachrepetitorium, eine Sammlung von hundertfünfzig Meisterpartien. Wäre ich nicht verriegelt, verschlossen gewesen, ich hätte im ersten Zorn das Buch durch ein offenes Fenster geschleudert, denn was sollte, was konnte ich mit diesem Nonsens beginnen? Ich hatte als Knabe im Gymnasium wie die meisten anderen mich ab und zu aus Langeweile vor einem Schachbrett versucht. Aber was sollte mir dieses theoretische Zeug? Schach kann man doch nicht spielen ohne einen Partner und schon gar nicht ohne Steine, ohne Brett. Verdrossen blätterte ich die Seiten durch, um vielleicht dennoch etwas Lesbares zu entdecken, eine Einleitung, eine Anleitung; aber ich fand nichts als die nackten quadratischen Diagramme der einzelnen Meisterpartien und darunter mir zunächst unverständliche Zeichen, a2-a3, Sf1-g3 und so weiter. Alles das schien mir eine Art Algebra, zu der ich keinen Schlüssel fand. Erst allmählich enträtselte ich, dass die Buchstaben a, b, c für die Längsreihen, die Ziffern 1 bis 8 für die Querreihen eingesetzt waren und den jeweiligen Stand jeder einzelnen Figur bestimmten; damit bekamen die rein grafischen Diagramme immerhin eine Sprache. Vielleicht, überlegte ich, könnte ich mir in meiner Zelle eine Art Schachbrett konstruieren und dann versuchen, diese Partien nachzuspielen; wie ein himmlischer Wink erschien es mir, dass mein Bettuch sich zufällig als grob kariert erwies. Richtig zusammengefaltet, ließ es sich am Ende so legen, um vierundsechzig Felder zusammenzubekommen. Ich versteckte also zunächst das Buch unter der Matratze und riss die erste Seite heraus. Dann begann ich aus kleinen Krümeln, die ich mir von meinem Brot absparte, in selbstverständlich lächerlich unvollkommener Weise die Figuren des Schachs, König, Königin und so weiter, zurechtzumodeln; nach endlosem Bemühen konnte ich es schließlich unternehmen, auf dem karierten Bettuch die im Schachbuch abgebildeten Positionen zu rekonstruieren. Als ich aber versuchte, die ganze Partie nachzuspielen, misslang es zunächst vollkommen mit meinen lächerlichen Krümelfiguren, von denen ich zur Unterscheidung die eine Hälfte mit Staub dunkler gefärbt hatte. Ich verwirrte mich in den ersten Tagen unablässig; fünfmal, zehnmal, zwanzigmal musste ich diese eine Partie immer wieder von Anfang beginnen. Aber wer auf Erden verfügte über so viel ungenutzte und nutzlose Zeit wie ich, der Sklave des Nichts, wem stand so viel unermessliche Gier und Geduld zu Gebot? Nach sechs Tagen spielte ich schon die Partie tadellos zu Ende, nach weiteren acht Tagen benötigte ich nicht einmal die Krümel auf dem Bettuch mehr, um mir die Positionen aus dem Schachbuch zu vergegenständlichen, und nach weiteren acht Tagen wurde auch das karierte Bettuch entbehrlich; automatisch verwandelten sich die anfangs abstrakten Zeichen des Buches a1, a2, c7, c8 hinter meiner Stirn zu visuellen, zu plastischen Positionen. Die Umstellung war restlos gelungen: Ich hatte das Schachbrett mit seinen Figuren nach innen projiziert und überblickte auch dank der bloßen Formeln die jeweilige Position, so wie einem geübten Musiker der bloße Anblick der Partitur schon genügt, um alle Stimmen und ihren Zusammenklang zu hören. Nach weiteren vierzehn Tagen war ich mühelos imstande, jede Partie aus dem Buch auswendig – oder, wie der Fachausdruck lautet: blind – nachzuspielen; jetzt erst begann ich zu verstehen, welche unermessliche Wohltat mein frecher Diebstahl mir eroberte. Denn ich hatte mit einem Mal Tätigkeit – eine sinnlose, eine zwecklose, wenn Sie wollen, aber doch eine, die das Nichts um mich zunichtemachte, ich besaß mit den hundertfünfzig Turnierpartien eine wunderbare Waffe gegen die erdrückende Monotonie des Raumes und der Zeit. Um mir den Reiz der neuen Beschäftigung ungebrochen zu bewahren, teilte ich mir von nun ab jeden Tag genau ein: zwei Partien morgens, zwei Partien nachmittags, abends dann noch eine rasche Wiederholung. Damit war mein Tag, der sich sonst wie Gallert formlos dehnte, ausgefüllt, ich war beschäftigt, ohne mich zu ermüden, denn das Schachspiel besitzt den wunderbaren Vorzug, durch Bannung der geistigen Energien auf ein eng begrenztes Feld selbst bei anstrengendster Denkleistung das Gehirn nicht zu erschlaffen, sondern eher seine Agilität und Spannkraft zu schärfen. Allmählich begann bei dem zuerst bloß mechanischen Nachspielen der Meisterpartien ein künstlerisches, ein lusthaftes Verständnis in mir zu erwachen. Ich lernte die Feinheiten, die Tücken und Schärfen in Angriff und Verteidigung verstehen, ich erfasste die Technik des Vorausdenkens, Kombinierens, Ripostierens und erkannte bald die persönliche Note jedes einzelnen Schachmeisters in seiner individuellen Führung so unfehlbar, wie man Verse eines Dichters schon aus wenigen Zeilen feststellt; was als bloß zeitfüllende Beschäftigung begonnen, wurde Genuss, und die Gestalten der großen Schachstrategen, wie Aljechin, Lasker, Bogoljubow, Tartakower, traten als geliebte Kameraden in meine Einsamkeit. Unendliche Abwechslung beseelte täglich die stumme Zelle, und gerade die Regelmäßigkeit meiner Exerzitien gab meiner Denkfähigkeit die schon erschütterte Sicherheit zurück; ich empfand mein Gehirn aufgefrischt und durch die ständige Denkdisziplin sogar noch gleichsam neu geschliffen. Dass ich klarer und konzentrierter dachte, erwies sich vor allem bei den Vernehmungen; unbewusst hatte ich mich auf dem Schachbrett in der Verteidigung gegen falsche Drohungen und verdeckte Winkelzüge vervollkommnet; von diesem Zeitpunkt an gab ich mir bei den Vernehmungen keine Blöße mehr, und mir dünkte sogar, dass die Gestapoleute mich allmählich mit einem gewissen

Respekt zu betrachten begannen. Vielleicht fragten sie sich im Stillen, da sie alle anderen zusammenbrechen sahen, aus welchen geheimen Quellen ich allein die Kraft solch unerschütterlichen Widerstandes schöpfte.

Diese meine Glückszeit, da ich die hundertfünfzig Partien jenes Buches Tag für Tag systematisch nachspielte, dauerte etwa zweieinhalb bis drei Monate. Dann geriet ich unvermuteterweise an einen toten Punkt. Plötzlich stand ich neuerdings vor dem Nichts. Denn sobald ich jede einzelne Partie zwanzig- oder dreißigmal durchgespielt hatte, verlor sie den Reiz der Neuheit, der Überraschung, ihre vordem so aufregende, so anregende Kraft war erschöpft. Welchen Sinn hatte es, nochmals und nochmals Partien zu wiederholen, die ich Zug um Zug längst auswendig kannte? Kaum ich die erste Eröffnung getan, klöppelte sich ihr Ablauf gleichsam automatisch in mir ab, es gab keine Überraschung mehr, keine Spannungen, keine Probleme. Um mich zu beschäftigen, um mir die schon unentbehrlich gewordene Anstrengung und Ablenkung zu schaffen, hätte ich eigentlich ein anderes Buch mit anderen Partien gebraucht. Da dies aber vollkommen unmöglich war, gab es nur einen Weg auf dieser sonderbaren Irrbahn; ich musste mir statt der alten Partien neue erfinden. Ich musste versuchen, mit mir selbst oder vielmehr gegen mich selbst zu spielen.

Ich weiß nun nicht, bis zu welchem Grade Sie über die geistige Situation bei diesem Spiel der Spiele nachgedacht haben. Aber schon die flüchtigste Überlegung dürfte ausreichen, um klarzumachen, dass beim Schach als einem reinen, vom Zufall abgelösten Denkspiel es logischerweise eine Absurdität bedeutet, gegen sich selbst spielen zu wollen. Das Attraktive des Schachs beruht doch im Grunde einzig darin, dass sich seine Strategie in zwei verschiedenen Gehirnen verschieden entwickelt, dass in diesem geistigen Kriege Schwarz die jeweiligen Manöver von Weiß nicht kennt und ständig zu erraten und zu durchkreuzen sucht, während seinerseits wiederum Weiß die geheimen Absichten von Schwarz zu überholen und parieren strebt. Bildeten nun Schwarz und Weiß ein und dieselbe Person, so ergäbe sich der widersinnige Zustand, dass ein und dasselbe Gehirn gleichzeitig etwas wissen und doch nicht wissen sollte, dass es als Partner Weiß funktionierend, auf Kommando völlig vergessen könnte, was es eine Minute vorher als Partner Schwarz gewollt und beabsichtigt. Ein solches Doppeldenken setzt eigentlich eine vollkommene Spaltung des Bewusstseins voraus, ein beliebiges Auf- und Abblenden können der Gehirnfunktion wie bei einem mechanischen Apparat; gegen sich selbst spielen zu wollen, bedeutet also im Schach eine solche Paradoxie, wie über seinen eigenen Schatten zu springen.

Nun, um mich kurzzufassen, diese Unmöglichkeit, diese Absurdität habe ich in meiner Verzweiflung monatelang versucht. Aber ich hatte keine Wahl als diesen Widersinn, um nicht dem puren Irrsinn oder einem völligen geistigen Marasmus zu verfallen. Ich war durch meine fürchterliche Situation gezwungen, diese Spaltung in ein Ich Schwarz und ein Ich Weiß zumindest zu versuchen, um nicht erdrückt zu werden von dem grauenhaften Nichts um mich.»

Dr. B. lehnte sich zurück in den Liegestuhl und schloss für eine Minute die Augen. Es war, als ob er eine verstörende Erinnerung gewaltsam unterdrücken wollte. Wieder lief das merkwürdige Zucken, das er nicht zu beherrschen wusste, um den linken Mundwinkel. Dann richtete er sich in seinem Lehnstuhl etwas höher auf.

«So – bis zu diesem Punkte hoffe ich, Ihnen alles ziemlich verständlich erklärt zu haben. Aber ich bin leider keineswegs gewiss, ob ich das Weitere Ihnen noch ähnlich deutlich veranschaulichen kann. Denn diese neue Beschäftigung erforderte eine so unbedingte Anspannung des Gehirns, dass sie jede gleichzeitige Selbstkontrolle unmöglich machte. Ich deutete Ihnen schon an, dass meiner Meinung nach es an sich schon Nonsens bedeutet, Schach gegen sich selber spielen zu wollen; aber selbst diese Absurdität hätte immerhin noch eine minimale Chance mit einem realen Schachbrett vor sich, weil das Schachbrett durch seine Realität immerhin noch eine gewisse Distanz, eine materielle Exterritorialisierung erlaubt. Vor einem wirklichen Schachbrett mit wirklichen Figuren kann man Überlegungspausen einschalten, man kann sich rein körperlich bald auf die eine Seite, bald auf die andere Seite des Tisches stellen und damit die Situation bald vom Standpunkt Schwarz, bald vom Standpunkt Weiß ins Auge fassen. Aber genötigt, wie ich war, diese Kämpfe gegen mich selbst oder, wenn Sie wollen, mit mir selbst in einen imaginären Raum zu projizieren, war ich gezwungen, in meinem Bewusstsein die jeweilige Stellung auf den vierundsechzig Feldern deutlich festzuhalten und außerdem nicht nur die momentane Figuration, sondern auch schon die möglichen weiteren Züge von beiden Partnern mir auszukalkulieren, und zwar – ich weiß, wie absurd dies alles klingt – mir doppelt und dreifach zu imaginieren, nein, sechsfach, achtfach, zwölffach, für jedes meiner Ich, für Schwarz und Weiß immer schon vier und fünf Züge voraus. Ich musste – verzeihen Sie, dass ich Ihnen zumute, diesen Irrsinn durchzudenken – bei diesem Spiel im abstrakten Raum der Fantasie als Spieler Weiß vier oder fünf Züge vorausberechnen und ebenso als Spieler Schwarz, also alle sich in der Entwicklung ergebenden Situationen gewissermaßen mit zwei Gehirnen vorauskombinieren, mit dem Gehirn Weiß und dem Gehirn Schwarz. Aber selbst diese Selbstzerteilung war noch nicht das Gefährlichste an meinem abstrusen Experiment, sondern dass ich durch das selbstständige Ersinnen von Partien mit einem Mal den Boden unter den Füßen verlor und ins Bodenlose geriet. Das bloße Nachspielen der Meisterpartien, wie ich es in den vorhergehenden Wochen geübt, war schließlich nichts als eine reproduktive Leistung gewesen, ein reines Rekapitulieren einer gegebenen Materie und als solches nicht anstrengender, als wenn ich Gedichte auswendig gelernt hätte oder Gesetzesparagrafen memoriert, es war eine begrenzte, eine disziplinierte Tätigkeit und darum ein ausgezeichnetes Exercitium mentale. Meine zwei Partien, die ich morgens, die zwei, die ich nachmittags probte, stellten ein bestimmtes Pensum dar, das ich ohne jeden Einsatz von Erregung erledigte; sie ersetzten mir eine normale Beschäftigung, und überdies hatte ich, wenn ich mich im Ablauf einer Partie irrte oder nicht weiterwusste, an dem Buch noch immer einen Halt. Nur darum war diese Tätigkeit für meine erschütterten Nerven eine so heilsame und eher beruhigende gewesen, weil ein Nachspielen fremder Partien nicht mich selber ins Spiel brachte; ob Schwarz oder Weiß siegte, blieb mir gleichgültig, es waren doch Aljechin oder Bogoljubow, die um die Palme des Champions kämpften, und meine eigene Person, mein Verstand, meine Seele genossen einzig als Zuschauer, als Kenner die Peripetien und Schönheiten jener Partien. Von dem Augenblick an, da ich aber gegen mich zu spielen versuchte, begann ich mich unbewusst herauszufordern. Jedes meiner beiden Ich, mein Ich Schwarz und mein Ich Weiß, hatten zu wetteifern gegeneinander und gerieten jedes für sein Teil in einen Ehrgeiz, in eine Ungeduld, zu siegen, zu gewinnen; ich fieberte als Ich Schwarz nach jedem Zuge, was das Ich Weiß tun würde. Jedes meiner beiden Ich triumphierte, wenn das andere einen Fehler machte, und erbitterte sich gleichzeitig über sein eigenes Ungeschick.

Das alles scheint sinnlos, und in der Tat wäre ja eine solche künstliche Schizophrenie, eine solche Bewusstseinsspaltung mit ihrem Einschuss an gefährlicher Erregtheit bei einem normalen Menschen in normalem Zustand undenkbar. Aber vergessen Sie nicht, dass ich aus aller Normalität gewaltsam gerissen war, ein Häftling, unschuldig eingesperrt, seit Monaten raffiniert mit Einsamkeit gemartert, ein Mensch, der seine aufgehäufte Wut längst gegen irgendetwas entladen wollte. Und da ich nichts anderes hatte als dies unsinnige Spiel gegen mich selbst, fuhr meine Wut, meine Rachelust fanatisch in dieses Spiel hinein. Etwas in mir wollte recht behalten, und ich hatte doch nur dieses andere Ich in mir, das ich bekämpfen konnte; so steigerte ich mich während des Spieles in eine fast manische Erregung. Im Anfang hatte ich noch ruhig und überlegt gedacht, ich hatte Pausen eingeschaltet zwischen einer und der anderen Partie, um mich von der Anstrengung zu erholen; aber allmählich erlaubten meine gereizten Nerven mir kein Warten mehr. Kaum hatte mein Ich Weiß einen Zug getan, stieß schon mein Ich Schwarz fiebrig vor; kaum war eine Partie beendigt, so forderte ich mich schon zur nächsten heraus, denn jedes Mal war doch eines der beiden Schach-Ich von dem andern besiegt und verlangte Revanche. Nie werde ich auch nur annähernd sagen können, wie viele Partien ich infolge dieser irrwitzigen Unersättlichkeit während dieser letzten Monate in meiner Zelle gegen mich selbst gespielt – vielleicht tausend, vielleicht mehr. Es war eine Besessenheit, deren ich mich nicht erwehren konnte; von früh bis nachts dachte ich an nichts als an Läufer und Bauern und Turm und König und a und b und c und Matt und Rochade, mit meinem ganzen Sein und Fühlen stieß es mich in das karierte Quadrat. Aus der Spielfreude war eine Spiellust geworden, aus der Spiellust ein Spielzwang, eine Manie, eine frenetische Wut, die nicht nur meine wachen Stunden, sondern allmählich auch meinen Schlaf durchdrang. Ich konnte nur Schach denken, nur in Schachbewegungen, Schachproblemen; manchmal wachte ich mit feuchter Stirn auf und erkannte, dass ich sogar im Schlaf unbewusst weitergespielt haben musste, und wenn ich von Menschen träumte, so geschah es ausschließlich in den Bewegungen des Läufers, des Turms, im Vor- und Zurück des Rösselsprungs. Selbst wenn ich zum Verhör gerufen wurde, konnte ich nicht mehr konzis an meine Verantwortung denken; ich habe die Empfindung, dass bei den letzten Vernehmungen ich mich ziemlich konfus ausgedrückt haben muss, denn die Verhörenden blickten sich manchmal befremdet an. Aber in Wirklichkeit wartete ich, während sie fragten und berieten, in meiner unseligen Gier doch nur darauf, wieder zurückgeführt zu werden in meine Zelle, um mein Spiel, mein irres Spiel, fortzusetzen, eine neue Partie und noch eine und noch eine. Jede Unterbrechung wurde mir zur Störung; selbst die Viertelstunde, da der Wärter die Gefängniszelle aufräumte, die zwei Minuten, da er mir das Essen brachte, quälten meine fiebrige Ungeduld; manchmal stand abends der Napf mit der Mahlzeit noch unberührt, ich hatte über dem Spiel vergessen zu essen. Das Einzige, was ich körperlich empfand, war ein fürchterlicher Durst; es muss wohl schon das Fieber dieses ständigen Denkens und Spielens gewesen sein; ich trank die Flasche leer in zwei Zügen und quälte den Wärter um mehr und fühlte dennoch im nächsten Augenblick die Zunge schon wieder trocken im Munde. Schließlich steigerte sich meine Erregung während des Spielens – und ich tat nichts anderes mehr von morgens bis nachts – zu solchem Grade, dass ich nicht einen Augenblick mehr still zu sitzen vermochte; ununterbrochen ging ich, während ich die Partien überlegte, auf und ab, immer schneller und schneller und schneller auf und ab, auf und ab, und immer hitziger, je mehr sich die Entscheidung der Partie näherte; die Gier, zu gewinnen, zu siegen, mich selbst zu besiegen, wurde allmählich zu einer Art Wut, ich zitterte vor Ungeduld, denn immer war dem einen Schach-Ich in mir das andere zu langsam. Das eine trieb das andere an; so lächerlich es Ihnen vielleicht scheint, ich begann mich zu beschimpfen – ‹schneller, schneller!› oder ‹vorwärts, vorwärts!› –, wenn das eine Ich in mir mit dem andern nicht rasch genug ripostierte. Selbstverständlich bin ich mir heute ganz im Klaren, dass dieser mein Zustand schon eine durchaus pathologische Form geistiger Überreizung war, für die ich eben keinen anderen Namen finde als den bisher medizinisch unbekannten: eine Schachvergiftung. Schließlich begann diese monomanische Besessenheit nicht nur mein Gehirn, sondern auch meinen Körper zu attackieren. Ich magerte ab, ich schlief unruhig und verstört, ich brauchte beim Erwachen jedes Mal eine besondere Anstrengung, die bleiernen Augenlider aufzuzwingen; manchmal fühlte ich mich derart schwach, dass, wenn ich ein Trinkglas anfasste, ich es nur mit Mühe bis zu den Lippen brachte, so zitterten mir die Hände; aber kaum das Spiel begann, überkam mich eine wilde Kraft: Ich lief auf und ab mit geballten Fäusten, und wie durch einen roten Nebel hörte ich manchmal meine eigene Stimme, wie sie heiser und böse ‹Schach› oder ‹Matt!› sich selber zuschrie.

Wie dieser grauenhafte, dieser unbeschreibbare Zustand zur Krise kam, vermag ich selbst nicht zu berichten. Alles, was ich darüber weiß, ist, dass ich eines Morgens aufwachte, und es war ein anderes Erwachen als sonst. Mein Körper war gleichsam abgelöst von mir, ich ruhte weich und wohlig. Eine dichte, gute Müdigkeit, wie ich sie seit Monaten nicht gekannt, lag auf meinen Lidern, lag so warm und wohltätig auf ihnen, dass ich mich zuerst gar nicht entschließen konnte, die Augen aufzutun. Minuten lag ich schon wach und genoss noch diese schwere Dumpfheit, dies laue Liegen mit wollüstig betäubten Sinnen. Auf einmal war mir, als ob ich hinter mir Stimmen hörte, lebendige menschliche Stimmen, die Worte sprachen, und Sie können sich mein Entzücken nicht ausdenken, denn ich hatte doch; seit Monaten, seit bald einem Jahr keine anderen Worte gehört als die harten, scharfen und bösen von der Richterbank. ‹Du träumst›, sagte ich mir. ‹Du träumst! Tu keinesfalls die Augen auf! Lass ihn noch dauern, diesen Traum, sonst siehst du wieder die verfluchte Zelle um dich, den Stuhl und den Waschtisch und den Tisch und die Tapete mit dem ewig gleichen Muster. Du träumst – träume weiter!›

Aber die Neugier behielt die Oberhand. Ich schlug langsam und vorsichtig die Lider auf. Und Wunder: Es war ein anderes Zimmer, in dem ich mich befand, ein Zimmer, breiter, geräumiger als meine Hotelzelle. Ein ungegittertes Fenster ließ freies Licht herein und einen Blick auf die Bäume, grüne, im Wind wogende Bäume statt meiner starren Feuermauer, weiß und glatt glänzten die Wände, weiß und hoch hob sich über mir die Decke – wahrhaftig, ich lag in einem neuen, einem fremden Bett, und wirklich, es war kein Traum, hinter mir flüsterten leise menschliche Stimmen. Unwillkürlich muss ich mich in meiner Überraschung heftig geregt haben, denn schon hörte ich hinter mir einen nahenden Schritt. Eine Frau kam weichen Gelenks heran, eine Frau mit weißer Haube über dem Haar, eine Pflegerin, eine Schwester. Ein Schauer des Entzückens fiel über mich: ich hatte seit einem Jahr keine Frau gesehen. Ich starrte die holde Erscheinung an, und es muss ein wilder, ekstatischer Aufblick gewesen sein, denn ‹Ruhig! Bleiben Sie ruhig!› beschwichtigte mich dringlich die Nahende. Ich aber lauschte nur auf ihre Stimme – war das nicht ein Mensch, der sprach? Gab es wirklich noch auf Erden einen Menschen, der mich nicht verhörte, nicht quälte? Und dazu noch – unfassbares Wunder! – eine weiche, warme, eine fast zärtliche Frauenstimme. Gierig starrte ich auf ihren Mund, denn es war mir in diesem Höllenjahr unwahrscheinlich geworden, dass ein Mensch gütig zu einem andern sprechen könnte. Sie lächelte mir zu – ja, sie lächelte, es gab noch Menschen, die gütig lächeln konnten –, dann legte sie den Finger mahnend auf die Lippen und ging leise weiter. Aber ich konnte ihrem

Gebot nicht gehorchen. Ich hatte mich noch nicht sattgesehen an dem Wunder. Gewaltsam versuchte ich mich in dem Bette aufzurichten, um ihr nachzublicken, diesem Wunder eines menschlichen Wesens nachzublicken, das gütig war. Aber wie ich mich am Bettrande aufstützen wollte, gelang es mir nicht. Wo sonst meine rechte Hand gewesen, Finger und Gelenk, spürte ich etwas Fremdes, einen dicken, großen, weißen Bausch, offenbar einen umfangreichen Verband. Ich staunte dieses Weiße, Dicke, Fremde an meiner Hand zuerst verständnislos an, dann begann ich langsam zu begreifen, wo ich war, und zu überlegen, was mit mir geschehen sein mochte. Man musste mich verwundet haben, oder ich hatte mich selbst an der Hand verletzt. Ich befand mich in einem Hospital.

Mittags kam der Arzt, ein freundlicher älterer Herr. Er kannte den Namen meiner Familie und erwähnte derart respektvoll meinen Onkel, den kaiserlichen Leibarzt, dass mich sofort das Gefühl überkam, er meine es gut mit mir. Im weiteren Verlauf richtete er allerhand Fragen an mich, vor allem eine, die mich erstaunte – ob ich Mathematiker sei oder Chemiker. Ich verneinte.

‹Sonderbar›, murmelte er. ‹Im Fieber haben Sie immer so sonderbare Formeln geschrien – c3, c4. Wir haben uns alle nicht ausgekannt.›

Ich erkundigte mich, was mit mir vorgegangen sei. Er lächelte merkwürdig.

‹Nichts Ernstliches. Eine akute Irritation der Nerven›, und fügte, nachdem er sich zuvor vorsichtig umgeblickt hatte, leise bei: ‹Schließlich eine recht verständliche. Seit dem 13. März, nicht wahr?›

Ich nickte.

‹Kein Wunder bei dieser Methode›, murmelte er. ‹Sie sind nicht der Erste. Aber sorgen Sie sich nicht.›

An der Art, wie er mir dies beruhigend zuflüsterte, und dank seines begütigenden Blickes wusste ich, dass ich bei ihm gut geborgen war.

Zwei Tage später erklärte mir der gütige Doktor ziemlich freimütig, was vorgefallen war. Der Wärter hatte mich in meiner Zelle laut schreien gehört und zunächst geglaubt, dass jemand eingedrungen sei, mit dem ich streite. Kaum er sich aber an der Tür gezeigt, hatte ich mich auf ihn gestürzt und ihn mit wilden Ausrufen angeschrien, die ähnlich klangen wie: ‹Zieh schon einmal, du Schuft, du Feigling!›, ihn bei der Gurgel zu fassen gesucht und schließlich so wild angefallen, dass er um Hilfe rufen musste. Als man mich in meinem tollwütigen Zustand dann zur ärztlichen Untersuchung schleppte, hätte ich mich plötzlich losgerissen, auf das Fenster im Gang gestürzt, die Scheibe eingeschlagen und mir dabei die Hand zerschnitten – Sie sehen noch die tiefe Narbe hier. Die ersten Nächte im Hospital hatte ich in einer Art Gehirnfieber verbracht, aber jetzt finde er mein Sensorium völlig klar. ‹Freilich›, fügte er leise bei, ‹werde ich das lieber nicht den Herrschaften melden, sonst holt man Sie am Ende noch einmal dorthin zurück. Verlassen Sie sich auf mich, ich werde mein Bestes tun.›

Was dieser hilfreiche Arzt meinen Peinigern über mich berichtet hat, entzieht sich meiner Kenntnis. Jedenfalls erreichte er, was er erreichen wollte: meine Entlassung. Mag sein, dass er mich als unzurechnungsfähig erklärt hat, oder vielleicht war ich inzwischen schon der Gestapo unwichtig geworden, denn Hitler hatte seitdem Böhmen besetzt, und damit war der Fall Österreich für ihn erledigt. So brauchte ich nur die Verpflichtung zu unterzeichnen, unsere Heimat innerhalb von vierzehn Tagen zu verlassen, und diese vierzehn Tage waren dermaßen erfüllt mit all den tausend Formalitäten, die heutzutage der einstmalige Weltbürger zu einer Ausreise benötigt – Militärpapiere, Polizei, Steuer, Pass, Visum, Gesundheitszeugnis –, dass ich keine Zeit hatte, über das Vergangene viel nachzusinnen. Anscheinend wirken in unserem Gehirn geheimnisvoll regulierende Kräfte, die, was der Seele lästig und gefährlich werden kann, selbsttätig ausschalten, denn immer, wenn ich zurückdenken wollte an meine Zellenzeit, erlosch gewissermaßen in meinem Gehirn das Licht; erst nach Wochen und Wochen, eigentlich erst hier auf dem Schiff, fand ich wieder den Mut, mich zu besinnen, was mir geschehen war.

Und nun werden Sie begreifen, warum ich mich so ungehörig und wahrscheinlich unverständlich Ihren Freunden gegenüber benommen. Ich schlenderte doch nur ganz zufällig durch den Rauchsalon, als ich Ihre Freunde vor dem Schachbrett sitzen sah; unwillkürlich fühlte ich den Fuß angewurzelt vor Staunen und Schrecken. Denn ich hatte total vergessen, dass man Schach spielen kann an einem wirklichen Schachbrett und mit wirklichen Figuren, vergessen, dass bei diesem Spiel zwei völlig verschiedene Menschen einander leibhaftig gegenübersitzen. Ich brauchte wahrhaftig ein paar Minuten, um mich zu erinnern, dass, was diese Spieler dort taten, im Grunde dasselbe Spiel war, das ich in meiner Hilflosigkeit monatelang gegen mich selbst versucht. Die Chiffren, mit denen ich mich beholfen während meiner grimmigen Exerzitien, waren doch nur Ersatz gewesen und Symbol für diese beinernen Figuren; meine Überraschung, dass dieses Figurenrücken auf dem Brett dasselbe sei wie mein imaginäres Fantasieren im Denkraum, mochte vielleicht der eines Astronomen ähnlich sein, der sich mit den komplizierten Methoden auf dem Papier einen neuen Planeten errechnet hat und ihn dann wirklich am Himmel erblickt als einen weißen, klaren, substanziellen Stern. Wie magnetisch festgehalten starrte ich auf das Brett und sah dort meine Diagramme – Pferd, Turm, König, Königin und Bauern als reale Figuren, aus Holz geschnitzt; um die Stellung der Partie zu überblicken, musste ich sie unwillkürlich erst zurückmutieren aus meiner abstrakten Ziffernwelt in die der bewegten Steine. Allmählich überkam mich die Neugier, ein solches reales Spiel zwischen zwei Partnern zu beobachten. Und da passierte das Peinliche, dass ich, alle Höflichkeit vergessend, mich einmengte in Ihre Partie. Aber dieser falsche Zug Ihres Freundes traf mich wie ein Stich ins Herz. Es war eine reine Instinkthandlung, dass ich ihn zurückhielt, ein impulsiver Zugriff, wie man, ohne zu überlegen, ein Kind fasst, das sich über ein Geländer beugt. Erst später wurde mir die grobe Ungehörigkeit klar, deren ich mich durch meine Vordringlichkeit schuldig gemacht.»

Ich beeilte mich, Dr. B. zu versichern, wie sehr wir alle uns freuten, diesem Zufall seine Bekanntschaft zu verdanken, und dass es für mich nach alldem, was er mir anvertraut, nun doppelt interessant sein werde, ihm morgen bei dem improvisierten Turnier zusehen zu dürfen. Dr. B. machte eine unruhige Bewegung.

«Nein, erwarten Sie wirklich nicht zu viel. Es soll nichts als eine Probe für mich sein ... eine Probe, ob ich ... ob ich überhaupt fähig bin, eine normale Schachpartie zu spielen, eine Partie auf einem wirklichen Schachbrett mit faktischen Figuren und einem lebendigen Partner ... denn ich zweifle jetzt immer mehr daran, ob jene Hunderte und vielleicht Tausende Partien, die ich gespielt habe, tatsächlich regelrechte Schachpartien waren und nicht bloß eine Art Traumschach, ein Fieberschach, ein Fieberspiel, in dem wie immer im Traum Zwischenstufen übersprungen wurden. Sie werden mir doch hoffentlich nicht im Ernst zumuten, dass ich mir anmaße, einem Schachmeister, und gar dem ersten der Welt, Paroli bieten zu können. Was mich interessiert und intrigiert, ist einzig die posthume Neugier, festzustellen, ob das in der Zelle damals noch Schachspiel oder schon Wahnsinn gewesen, ob ich damals noch knapp vor oder schon jenseits der gefährlichen Klippe mich befand – nur dies, nur dies allein.»

Vom Schiffsende tönte in diesem Augenblick der Gong, der zum Abendessen rief. Wir mussten – Dr. B. hatte mir alles viel ausführlicher berichtet, als ich es hier zusammenfasse – fast zwei Stunden verplaudert haben. Ich dankte ihm herzlich und verabschiedete mich. Aber noch war ich nicht das Deck entlang, so kam er mir schon nach und fügte sichtlich nervös und sogar etwas stottrig bei:

«Noch eines! Wollen Sie den Herren gleich im Voraus ausrichten, damit ich nachträglich nicht unhöflich erscheine; ich spiele nur eine einzige Partie ... sie soll nichts als der Schlussstrich unter eine alte Rechnung sein – eine endgültige Erledigung und nicht ein neuer Anfang ... Ich möchte nicht ein zweites Mal in dieses leidenschaftliche Spielfieber geraten, an das ich nur mit Grauen zurückdenken kann ... und übrigens ... übrigens hat mich damals auch der Arzt gewarnt ... ausdrücklich gewarnt. Jeder, der einer Manie verfallen war, bleibt für immer gefährdet, und mit einer – wenn auch ausgeheilten – Schachvergiftung soll man besser keinem Schachbrett nahe kommen ... Also Sie verstehen – nur diese eine Probepartie für mich selbst und nicht mehr.»

Pünktlich um die vereinbarte Stunde, drei Uhr, waren wir am nächsten Tag im Rauchsalon versammelt. Unsere Runde hatte sich noch um zwei Liebhaber der königlichen Kunst vermehrt, zwei Schiffsoffiziere, die sich eigens Urlaub vom Borddienst erbaten, um dem Turnier zusehen zu können. Auch Czentovic ließ nicht wie am vorhergehenden Tag auf sich warten, und nach der obligaten Wahl der Farben begann die denkwürdige Partie dieses Homo obscurissimus gegen den berühmten Weltmeister. Es tut mir leid, dass sie nur für uns durchaus unkompetente Zuschauer gespielt wurde und ihr Ablauf für die Annalen der Schachkunde ebenso verloren ist wie Beethovens Klavierimprovisationen für die Musik. Zwar haben wir an den nächsten Nachmittagen versucht, die Partie gemeinsam aus dem Gedächtnis zu rekonstruieren, aber vergeblich; wahrscheinlich hatten wir alle während des Spiels zu passioniert auf die beiden Spieler statt auf den Gang des Spiels geachtet. Denn der geistige Gegensatz im Habitus der beiden Partner wurde im Verlauf der Partie immer mehr körperlich plastisch. Czentovic, der Routinier, blieb während der ganzen Zeit unbeweglich wie ein Block, die Augen streng und starr auf das Schachbrett gesenkt; Nachdenken schien bei ihm eine geradezu physische Anstrengung, die alle seine Organe zu äußerster Konzentration nötigte. Dr. B. dagegen bewegte sich vollkommen locker und unbefangen. Als der rechte Dilettant im schönsten Sinne des Wortes, dem im Spiel nur das Spiel, das ‹diletto› Freude macht, ließ er seinen Körper völlig entspannt, plauderte während der ersten Pausen erklärend mit uns, zündete sich mit leichter Hand eine Zigarette an und blickte immer nur gerade, wenn an ihn die Reihe kam, eine Minute auf das Brett. Jedes Mal hatte es den Anschein, als hätte er den Zug des Gegners schon im Voraus erwartet.

Die obligaten Eröffnungszüge ergaben sich ziemlich rasch. Erst beim siebenten oder achten schien sich etwas wie ein bestimmter Plan zu entwickeln. Czentovic verlängerte seine Überlegungspausen; daran spürten wir, dass der eigentliche Kampf um die Vorhand einzusetzen begann. Aber um der Wahrheit die Ehre zu geben, bedeutete die allmähliche Entwicklung der Situation wie jede richtige Turnierpartie für uns Laien eine ziemliche Enttäuschung. Denn je mehr sich die Figuren zu einem sonderbaren Ornament ineinander verflochten, umso undurchdringlicher wurde für uns der eigentliche Stand. Wir konnten weder wahrnehmen, was der eine Gegner noch was der andere beabsichtigte, und wer von den beiden sich eigentlich im Vorteil befand. Wir merkten bloß, dass sich einzelne Figuren wie Hebel verschoben, um die feindliche Front aufzusprengen, aber wir vermochten nicht – da bei diesen überlegenen Spielern jede Bewegung immer auf mehrere Züge vorauskombiniert war –, die strategische Absicht in diesem Hin und Wider zu erfassen. Dazu gesellte sich allmählich eine lähmende Ermüdung, die hauptsächlich durch die endlosen Überlegungspausen Czentovics verschuldet war, die auch unseren Freund sichtlich zu irritieren begannen. Ich beobachtete beunruhigt, wie er, je länger die Partie sich hinzog, immer unruhiger auf seinem Sessel herumzurutschen begann, bald aus Nervosität eine Zigarette nach der anderen anzündend, bald nach dem Bleistift greifend, um etwas zu notieren. Dann wieder bestellte er ein Mineralwasser, das er Glas um Glas hastig hinabstürzte; es war offenbar, dass er hundertmal schneller kombinierte als Czentovic. Jedes Mal, wenn dieser nach endlosem

Überlegen sich entschloss, mit seiner schweren Hand eine Figur vorwärtszurücken, lächelte unser Freund nur wie jemand, der etwas lang Erwartetes eintreffen sieht, und ripostierte bereits. Er musste mit seinem rapid arbeitenden Verstand im Kopf alle Möglichkeiten des Gegners vorausberechnet haben; je länger darum Czentovics Entschließung sich verzögerte, umso mehr wuchs seine Ungeduld, und um seine Lippen presste sich während des Wartens ein ärgerlicher und fast feindseliger Zug. Aber Czentovic ließ sich keineswegs drängen. Er überlegte stur und stumm und pausierte immer länger, je mehr sich das Feld von Figuren entblößte. Beim zweiundvierzigsten Zuge, nach geschlagenen zweidreiviertel Stunden, saßen wir schon alle ermüdet und beinahe teilnahmslos um den Turniertisch. Einer der Schiffsoffiziere hatte sich bereits entfernt, ein anderer ein Buch zur Lektüre genommen und blickte nur bei jeder Veränderung für einen Augenblick auf. Aber da geschah plötzlich bei einem Zuge Czentovics das Unerwartete. Sobald Dr. B. merkte, dass Czentovic den Springer fasste, um ihn vorzuziehen, duckte er sich zusammen wie eine Katze vor dem Ansprung. Sein ganzer Körper begann zu zittern, und kaum hatte Czentovic den Springerzug getan, schob er scharf die Dame vor, sagte laut triumphierend: «So! Erledigt!», lehnte sich zurück, kreuzte die Arme über der Brust und sah mit herausforderndem Blick auf Czentovic. Ein heißes Licht glomm plötzlich in seiner Pupille.

Unwillkürlich beugten wir uns über das Brett, um den so triumphierend angekündigten Zug zu verstehen. Auf den ersten Blick war keine direkte Bedrohung sichtbar. Die Äußerung unseres Freundes musste sich also auf eine Entwicklung beziehen, die wir kurz denkenden Dilettanten noch nicht errechnen konnten. Czentovic war der Einzige unter uns, der sich bei jener herausfordernden Ankündigung nicht gerührt hatte; er saß so unerschütterlich, als ob er das beleidigende ‹Erledigt!› völlig überhört hätte. Nichts geschah. Man hörte, da wir alle unwillkürlich den Atem anhielten, mit einem Mal das Ticken der Uhr, die man zur Feststellung der Zugzeit auf den Tisch gelegt hatte. Es wurden drei Minuten, sieben Minuten, acht Minuten – Czentovic rührte sich nicht, aber mir war, als ob sich von einer inneren Anstrengung seine dicken Nüstern noch breiter dehnten. Unserem Freunde schien dieses stumme Warten ebenso unerträglich wie uns selbst. Mit einem Ruck stand er plötzlich auf und begann im Rauchzimmer auf und ab zu gehen, erst langsam, dann schneller und immer schneller. Alle blickten wir ihm etwas verwundert zu, aber keiner beunruhigter als ich, denn mir fiel auf, dass seine Schritte trotz aller Heftigkeit dieses Auf und Abs immer nur die gleiche Spanne Raum ausmaßen; es war, als ob er jedes Mal mitten im leeren Zimmer an eine unsichtbare Schranke stieße, die ihn nötigte umzukehren. Und schaudernd erkannte ich, es reproduzierte unbewusst dieses Auf und Ab das Ausmaß seiner einstmaligen Zelle: genau so musste er in den Monaten des Eingesperrtseins auf und ab gerannt sein wie ein eingesperrtes Tier im Käfig, genau so die Hände verkrampft und die Schultern eingeduckt; so und nur so musste er dort tausendmal auf und nieder gelaufen sein, die roten Lichter des Wahnsinns im starren und doch fiebernden Blick. Aber noch schien sein Denkvermögen völlig intakt, denn von Zeit zu Zeit wandte er sich ungeduldig dem Tisch zu, ob Czentovic sich inzwischen schon entschieden hätte. Aber es wurden neun, es wurden zehn Minuten. Dann endlich geschah, was niemand von uns erwartet hatte. Czentovic hob langsam seine schwere Hand, die bisher unbeweglich auf dem Tisch gelegen. Gespannt blickten wir alle auf seine Entscheidung. Aber Czentovic tat keinen Zug, sondern sein gewendeter Handrücken schob mit einem entschiedenen Ruck alle Figuren langsam vom Brett. Erst im nächsten Augenblick verstanden wir: Czentovic hatte die Partie aufgegeben. Er hatte kapituliert, um nicht vor uns sichtbar matt gesetzt zu werden. Das Unwahrscheinliche hatte sich ereignet, der Weltmeister, der Champion zahlloser Turniere hatte die Fahne gestrichen vor einem Unbekannten, einem Manne, der zwanzig oder fünfundzwanzig Jahre kein Schachbrett angerührt. Unser Freund, der Anonymus, der Ignotus, hatte den stärksten Schachspieler der Erde in offenem Kampfe besiegt!

Ohne es zu merken, waren wir in unserer Erregung einer nach dem anderen aufgestanden. Jeder von uns hatte das Gefühl, er müsste etwas sagen oder tun, um unserem freudigen Schrecken Luft zu machen. Der Einzige, der unbeweglich in seiner Ruhe verharrte, war Czentovic. Erst nach einer gemessenen Pause hob er den Kopf und blickte unseren Freund mit steinernem Blick an.

«Noch eine Partie?», fragte er.

«Selbstverständlich», antwortete Dr. B. mit einer mir unangenehmen Begeisterung und setzte sich, noch ehe ich ihn an seinen Vorsatz mahnen konnte, es bei einer Partie bewenden zu lassen, sofort nieder und begann mit fiebriger Hast die Figuren neu aufzustellen. Er rückte sie mit solcher Hitzigkeit zusammen, dass zweimal ein Bauer durch die zitternden Finger zu Boden glitt; mein schon früher peinliches Unbehagen angesichts seiner unnatürlichen Erregtheit wuchs zu einer Art Angst. Denn eine sichtbare Exaltiertheit war über den vorher so stillen und ruhigen Menschen gekommen; das Zucken fuhr immer öfter um seinen Mund, und sein Körper zitterte wie von einem jähen Fieber geschüttelt.

«Nicht!», flüsterte ich ihm leise zu. «Nicht jetzt! Lassen Sie's für heute genug sein! Es ist für Sie zu anstrengend.»

«Anstrengend! Ha!», lachte er laut und boshaft. «Siebzehn Partien hätte ich unterdessen spielen können statt dieser Bummelei! Anstrengend ist für mich einzig bei diesem Tempo nicht einzuschlafen! – Nun! Fangen Sie schon einmal an!»

Diese letzten Worte hatte er in heftigem, beinahe grobem Ton zu Czentovic gesagt. Dieser blickte ihn ruhig und gemessen an, aber sein steinerner Blick hatte etwas von einer geballten Faust. Mit einem Mal stand etwas Neues zwischen den beiden Spielern; eine gefährliche

Spannung, ein leidenschaftlicher Hass. Es waren nicht zwei Partner mehr, die ihr Können spielhaft aneinander proben wollten, es waren zwei Feinde, die sich gegenseitig zu vernichten geschworen. Czentovic zögerte lange, ehe er den ersten Zug tat, und mich überkam das deutliche Gefühl, er zögerte mit Absicht so lange. Offenbar hatte der geschulte Taktiker schon herausgefunden, dass er gerade durch seine Langsamkeit den Gegner ermüdete und irritierte. So setzte er nicht weniger als vier Minuten aus, ehe er die normalste, die simpelste aller Eröffnungen machte, indem er den Königsbauern die üblichen zwei Felder vorschob. Sofort fuhr unser Freund mit seinem Königsbauern ihm entgegen, aber wieder machte Czentovic eine endlose, kaum zu ertragende Pause; es war, wie wenn ein starker Blitz niederfährt und man pochenden Herzens auf den Donner wartet, und der Donner kommt und kommt nicht. Czentovic rührte sich nicht. Er überlegte still, langsam und, wie ich immer gewisser fühlte, boshaft langsam; damit aber gab er mir reichlich Zeit, Dr. B. zu beobachten. Er hatte eben das dritte Glas Wasser hinabgestürzt; unwillkürlich erinnerte ich mich, dass er mir von seinem fiebrigen Durst in der Zelle erzählte. Alle Symptome einer anomalen Erregung zeichneten sich deutlich ab; ich sah seine Stirne feucht werden und die Narbe auf seiner Hand röter und schärfer als zuvor. Aber noch beherrschte er sich. Erst als beim vierten Zug Czentovic wieder endlos überlegte, verließ ihn die Haltung, und er fauchte ihn plötzlich an:

«So spielen Sie doch schon einmal!»

Czentovic blickte kühl auf. «Wir haben meines Wissens zehn Minuten Zugzeit vereinbart. Ich spiele prinzipiell nicht mit kürzerer Zeit.»

Dr. B. biss sich die Lippe; ich merkte, wie unter dem Tisch seine Sohle unruhig und immer unruhiger gegen den Boden wippte, und wurde selbst unaufhaltsam nervöser durch das drückende Vorgefühl, dass sich irgendetwas Unsinniges in ihm vorbereitete. In der Tat ereignete sich bei dem achten Zug ein weiterer Zwischenfall. Dr. B., der immer unbeherrschter gewartet hatte, konnte seine Spannung nicht mehr verhalten; er rückte hin und her und begann unbewusst mit den Fingern auf dem Tisch zu trommeln. Abermals hob Czentovic seinen schweren bäurischen Kopf.

«Darf ich Sie bitten, nicht zu trommeln? Es stört mich. Ich kann so nicht spielen.»

«Ha!», lachte Dr. B. kurz. «Das sieht man.»

Czentovics Stirn wurde rot. «Was wollen Sie damit sagen?», fragte er scharf und böse.

Dr. B. lachte abermals knapp und boshaft. «Nichts. Nur dass Sie offenbar sehr nervös sind.»

Czentovic schwieg und beugte seinen Kopf nieder.

Erst nach sieben Minuten tat er den nächsten Zug, und in diesem tödlichen Tempo schleppte sich die Partie fort. Czentovic versteinte gleichsam immer mehr; schließlich schaltete er immer das Maximum der vereinbarten Überlegungspause ein, ehe er sich zu einem Zug entschloss, und von einem Intervall zum andern wurde das Benehmen unseres Freundes sonderbarer.

Es hatte den Anschein, als ob er an der Partie gar keinen Anteil mehr nehme, sondern mit etwas ganz anderem beschäftigt sei. Er ließ sein hitziges Aufundniederlaufen und blieb an seinem Platz regungslos sitzen. Mit einem stieren und fast irren Blick ins Leere vor sich starrend, murmelte er ununterbrochen unverständliche Worte vor sich hin; entweder verlor er sich in endlosen Kombinationen, oder er arbeitete – dies war mein innerster Verdacht – sich ganz andere Partien aus, denn jedes Mal wenn Czentovic endlich gezogen hatte, musste man ihn aus seiner Geistesabwesenheit zurückmahnen. Dann brauchte er immer eine einzige Minute, um sich in der Situation wieder zurechtzufinden; immer mehr beschlich mich der Verdacht, er habe eigentlich Czentovic und uns alle längst vergessen in dieser kalten Form des Wahnsinns, der sich plötzlich in irgendeiner Heftigkeit entladen konnte. Und tatsächlich, bei dem neunzehnten Zug brach die Krise aus. Kaum dass Czentovic seine Figur bewegt, stieß Dr. B. plötzlich, ohne recht auf das Brett zu blicken, seinen Läufer drei Felder vor und schrie derart laut, dass wir alle zusammenfuhren:

«Schach! Schach dem König!»

Wir blickten in der Erwartung eines besonderen Zuges sofort auf das Brett. Aber nach einer Minute geschah, was keiner von uns erwartet. Czentovic hob ganz, ganz langsam den Kopf und blickte – was er bisher nie getan – in unserem Kreise von einem zum andern. Er schien irgendetwas unermesslich zu genießen, denn allmählich begann auf seinen Lippen ein zufriedenes und deutlich höhnisches Lächeln. Erst nachdem er diesen seinen uns noch unverständlichen Triumph bis zur Neige genossen, wandte er sich mit falscher Höflichkeit unserer Runde zu.

«Bedaure – aber ich sehe kein Schach. Sieht vielleicht einer von den Herren ein Schach gegen meinen König?»

Wir blickten auf das Brett und dann beunruhigt zu Dr. B. hinüber. Czentovics Königsfeld war tatsächlich – ein Kind konnte das erkennen – durch einen Bauern gegen den Läufer völlig gedeckt, also kein Schach dem König möglich. Wir wurden unruhig. Sollte unser Freund in seiner Hitzigkeit eine Figur danebengestoßen haben, ein Feld zu weit oder zu nah? Durch unser Schweigen aufmerksam gemacht, starrte jetzt auch Dr. B. auf das Brett und begann heftig zu stammeln:

«Aber der König gehört doch auf f 7 ... er steht falsch, ganz falsch. Sie haben falsch gezogen! Alles steht ganz falsch auf diesem Brett ... der Bauer gehört doch auf g 5 und nicht auf g 4 ... das ist doch eine ganz andere Partie ... Das ist ...»

Er stockte plötzlich. Ich hatte ihn heftig am Arm gepackt oder vielmehr ihn so hart in den Arm gekniffen, dass er selbst in seiner fiebrigen Verwirrtheit meinen Griff spüren musste. Er wandte sich um und starrte mich wie ein Traumwandler an.

«Was ... wollen Sie?»

Ich sagte nichts als «Remember!» und fuhr ihm gleichzeitig mit dem Finger über die Narbe seiner Hand. Er folgte unwillkürlich meiner Bewegung, sein Auge starrte glasig auf den blutroten Strich. Darm begann er plötzlich zu zittern, und ein Schauer lief über seinen ganzen Körper.

«Um Gottes willen», flüsterte er mit blassen Lippen. «Habe ich etwas Unsinniges gesagt oder getan ... bin ich am Ende wieder ...?»

«Nein», flüsterte ich leise. «Aber Sie müssen sofort die Partie abbrechen, es ist höchste Zeit. Erinnern Sie sich, was der Arzt Ihnen gesagt hat!»

Dr. B. stand mit einem Ruck auf. «Ich bitte um Entschuldigung für meinen dummen Irrtum», sagte er mit seiner alten höflichen Stimme und verbeugte sich vor Czentovic. «Es ist natürlich purer Unsinn, was ich gesagt habe. Selbstverständlich bleibt es Ihre Partie.» Dann wandte er sich zu uns. «Auch die Herren muss ich um Entschuldigung bitten. Aber ich hatte Sie gleich im Voraus gewarnt, Sie sollten von mir nicht zu viel erwarten. Verzeihen Sie die Blamage – es war das letzte Mal, dass ich mich im Schach versucht habe.»

Er verbeugte sich und ging, in der gleichen bescheidenen und geheimnisvollen Weise, mit der er zuerst erschienen. Nur ich wusste, warum dieser Mann nie mehr ein Schachbrett berühren würde, indes die anderen ein wenig verwirrt zurückblieben mit dem ungewissen Gefühl, mit knapper Not etwas Unbehaglichem und Gefährlichem entgangen zu sein. «Damned fool!», knurrte McConnor in seiner Enttäuschung. Als Letzter erhob sich Czentovic von seinem Sessel und warf noch einen Blick auf die halb beendete Partie.

«Schade», sagte er großmütig. «Der Angriff war gar nicht so übel disponiert. Für einen Dilettanten ist dieser Herr eigentlich ungewöhnlich begabt.»

NACHWORT

Die *Schachnovelle* ist Stefan Zweigs berühmtestes Werk und hat eine weltumspannende Leserschaft gewonnen. Seit ihrem Erscheinen im September 1942 wird sie als wahres Meisterwerk gefeiert. Jedoch erlebte Zweig die Veröffentlichung nicht mehr. Wenige Tage nach Fertigstellung des Manuskripts am 22. Februar 1942 in Petrópolis nahm er sich zusammen mit seiner zweiten Frau, Elisabeth Charlotte Altmann, die er 1939 geheiratet hatte, durch Einnahme einer giftigen Substanz das Leben.

Zwischen etwa 1914 und 1938 war Zweig der meist übersetzte Autor der Welt. In der New Yorker Gedenkrede auf Zweig 1942 hat Berthold Viertel folgende Beschreibung gegeben: «Für dieses Europa war Stefan Zweig mehr gewesen als nur ein bedeutender Schriftsteller, der allmählich in den Weltruhm hineinwuchs: Er war eine europäische Institution! Europa existierte in ihm, von allem Anfang an, als eine Einheit, ein Kultureuropa zu schaffen und zu erhalten, zu deuten und zu propagieren, als ein ‹*public agent*›, ein Vermittler geistiger Güter.»[1] Ohne Zweifel war Zweig, der große Idealist und moderne Humanist, eine schöpferische Kraft dieser Epoche.

Er arbeitete nicht nur an Rezensionen, Übertragungen, literarischen Interpretationen und Porträts, sondern beschäftigte sich in zahlreichen Aufsätzen auch mit Ästhetik, Stil, Musik, historischen und zeitgenössischen Themen und bildender Kunst, was es ihm ermöglichte, eigene Ideen in seinen belletristischen Werken zu formulieren. Zweigs Briefe stehen in einer Reihe mit seinen Gedichten, Dramen, Erzählungen, Novellen und Legenden, Romanen, geschichtlichen und biografischen Werken, Vorträgen, Vor- und Nachworten, Rezensionen, Feuilletons, Tagebüchern, Übersetzungen und einer Autobiografie. Letztlich darf seine weltbekannte Autografensammlung nicht vergessen werden. Zweig verstand sich als ein Vermittler zwischen den Kulturen, das heißt, er wollte Leben und Werk großer Autoren in anderen Sprachen bekannt machen. Als Sohn eines reichen Geschäftsmanns hatte Zweig keine Geldsorgen. Selbst Unbekannten und Fremden ließ Zweig Rat, tätige Hilfe und sogar finanzielle Unterstützung zukommen, wenn er glaubte, dass er dadurch die guten Beziehungen zwischen Menschen, Kulturen und Ländern fördern konnte.

Stefan Zweig erlernte das Schachspiel schon als junger Mann, hatte aber selbst kein großes Talent dafür. «Im Alter der Pubertät geht das Dichterische oder der Antrieb zum Dichterischen eigentlich durch jeden jungen Menschen», berichtete er in seiner Autobiografie *Die Welt von Gestern*, die er erst kurz vor seinem Suizid zu Ende schrieb: «Ebenso verächtlich, wie unseren Körper zu trainieren, schien es uns, Zeit mit Spiel zu vergeuden; einzig das Schach fand einige Gnade vor unseren Augen, weil es geistige Anstrengung erforderte; und –

sogar noch absurder – obwohl wir uns als werdende oder immerhin potenzielle Dichter fühlten, kümmerten wir uns wenig um die Natur.»[2]

Laut Felix Braun war das «Café Bazar» in Wien der von Zweig bevorzugte Treffpunkt nach dem Abendessen, der Ort für eine ungestörte Schachpartie mit seinem jungen Freund Emil Fuchs.[3] Daher bekam Fuchs, der 1942 sein illustriertes Bändchen *Romantisches Schachbüchlein* im Karl H. Bischoff Verlag, Wien und Berlin, veröffentlichte, den Beinamen «Schachfuchs» verpasst. Zweig war am Brett ein begeisterter Dilettant, und obwohl das Schachspiel dem Spieler in aller Regel hohe Konzentration abverlangt, nutzte Zweig das Spiel, um sich zu beruhigen und zu entspannen. Somit war das Schachspiel sowohl Zeitvertreib als auch Fixpunkt in Leben und Werk Stefan Zweigs.

Die *Schachnovelle* übt als faszinierendes Kunstwerk eine starke Anziehungskraft auf Leserinnen und Leser jeden Alters aus – gleich welcher Provenienz oder welchen Zeitalters. Und genau das zeichnet diese Novelle aus. Ob Gelegenheitsleser oder ernsthafter Vielleser, ob Literaturkritiker oder -wissenschaftler – alle sind sich einig: Die *Schachnovelle* ist Zweigs beste und reifste literarische Leistung. Die *Schachnovelle* kann man zum bloßen Vergnügen lesen. Das heißt, man kann sie lesen, um sich einfach an einer gut geschriebenen Geschichte zu erfreuen. Zweig reißt die Aufmerksamkeit des Lesers geradezu an sich, zieht ihn förmlich in die imaginäre Welt seiner Erzählung hinein. Und dabei braucht er vom Schachspiel selbst nicht unbedingt viel Ahnung zu haben, obwohl es ein gewisses Grundverständnis noch interessanter macht.

Ohne Zweifel gibt es viele Arten des Lesens, auf die man eingehen könnte. Sicherlich handelt Zweigs Novelle von einer Schachpartie. Aber die geschilderten Gedankengänge befassen sich mit viel mehr als nur mit einem Spiel. Die Handlungen in seiner letzten Prosadichtung entlarven vor dem Hintergrund des Zweiten Weltkriegs die Brutalität des faschistischen Regimes und die nationalsozialistischen Terrormethoden. Man darf sagen, dass Zweig die Gefährdung der Kultur durch die Nazibarbarei veranschaulicht. Ebenso überzeugend setzt er sich hier mit dem Widerstand des moralischen Intellektuellen gegen Totalitarismus auseinander. Kurz gesagt, in diesem gut lesbaren und dennoch gehaltvollen Buch sind historische Fakten für die Interpretation des erzählten Geschehens wichtig. Zweig hat nicht nur sein soziales Verantwortungsgefühl unter Beweis gestellt, indem er in der *Schachnovelle* eine Reihe von Zeitereignissen im Zusammenhang mit dem Holocaust veranschaulichte, sondern er hat darüber hinaus klar erkannt, dass gewisse Werte, wie beispielsweise eine sittlich-moralische Grundhaltung, untrennbar mit dem literarischen Werk des wahren Dichters verbunden sind.

In seiner Autobiografie *Die Welt von Gestern* schrieb er, dies sei das Los seiner «einmaligen» Generation gewesen, «die wie kaum eine im Laufe der Geschichte mit Schicksal beladen war» (WvG, S. 7). Die *Schachno-*

velle veranschaulicht dies in besonderer Weise. Mit ungeheurer Sprachgewalt, beeindruckendem Stilgefühl und geradezu quälender Drastik in Bezug auf eines seiner Hauptthemen – die psychischen Folgen von Terror und diktatorischer Machtausübung für das Individuum – führt uns die *Schachnovelle* einen ganz spezifischen Aspekt des Zeitgeists während des Holocausts vor Augen, und er tut dies so eindringlich, wie es wahrscheinlich keinem Schriftsteller vor oder nach ihm je gelungen ist. So wie Dr. B. in dieser Erzählung sich veranlasst sieht, ein Schachbuch zu entwenden, so sah sich auch Zweig genötigt, die *Schachnovelle* zu verfassen.

Die *Schachnovelle* zieht den Leser von Anfang an so stark in ihren Bann, dass die Virtuosität des Werkes unmittelbar evident wird. «Jeder von uns», schreibt Zweig in *Die Welt von Gestern*, «ist in seiner innersten Existenz aufgewühlt worden von den fast pausenlosen vulkanischen Erschütterungen unserer europäischen Erde» (WvG, S. 7). In gewissem Sinne finden sich auch in den anderen Erzählungen Zweigs «vulkanische Erschütterungen», doch sind dies eher leidenschaftliche Entladungen und eben ganz andersgeartet als diejenigen, die der Autor im Zusammenhang mit den barbarischen Ereignissen seiner Zeit zum Ausdruck brachte. Im Unterschied zu Zweigs anderen Werken werden in der *Schachnovelle* «die vulkanischen Erschütterungen» geradezu sinnfällig. Und genau dies wirkt auf den Leser dieser Erzählung so faszinierend und gleichzeitig schaurig-beängstigend.

Dass der Wiener Rechtsanwalt Dr. B. in der *Schachnovelle* ausgerechnet am 11. März 1938 von der SS verhaftet wird, hat seinen Grund – wie Zweig in der Novelle deutlich hervorhob: «am selben Abend, da Schuschnigg seine Abdankung bekannt gab, und einen Tag, ehe Hitler in Wien einzog» (S. 41 dieses Bandes). Ab und zu hatte Zweig in Briefen an seine Freunde die Befürchtung geäußert, dass Hitler seinen Machtbereich auf Österreich ausdehnen werde. Jetzt aber war der Anschluss am 12. März 1938 Realität geworden. Dieses schreckliche Ereignis ist in der *Schachnovelle* von entscheidender Bedeutung, denn Dr. B. wäre ansonsten nicht ganz plötzlich verhaftet worden und hätte somit auch keine Gelegenheit gehabt, das Schachspiel so gründlich zu erlernen. Über die Fiktion der Erzählung hinaus zeigt dies, wie sehr «der Anschluss» Stefan Zweig persönlich getroffen hat.

Die *Schachnovelle* bietet noch weitere Interpretationsebenen. Zu Beginn der Novelle umreißt der Ich-Erzähler den Sinn des Schachspiels folgendermaßen:

> «Ich wusste wohl aus eigener Erfahrung um die geheimnisvolle Attraktion des ‹königlichen Spiels›, dieses einzigen unter allen Spielen, die der Mensch ersonnen, das sich souverän jeder Tyrannis des Zufalls entzieht und seine Siegespalmen einzig dem Geist oder vielmehr einer bestimmten Form geistiger Begabung zuteilt.» (S. 16)

Mit anderen Worten: Im Schach siegt der Geist über den Zufall, und in der *Schachnovelle* siegt der Geist (in Gestalt von Dr. B.) über den Ungeist, das heißt, «wo dies spezifische Genie eingesprengt erscheint in eine absolute intellektuelle Trägheit wie ein einzelner Faden Gold in einem Zentner tauben Gesteins» (S. 17 f.), wie es der Ich-Erzähler in Zweigs Novelle in Bezug auf Czentovic formuliert. Das Schachspiel ist in dieser Novelle leitmotivisches Dingsymbol, das schließlich zum Wendepunkt der Handlung führt. Das Schachspiel hat das Leben von Dr. B. von Grund auf verändert. Einerseits konnte er sich dadurch gegen die Foltermaßnahmen der Gestapo wehren, andererseits trieb es ihn fast in den Wahnsinn.

Aus einer etwas anderen Perspektive lässt sich die Erzählung so deuten, dass hier zwei unterschiedliche Charaktere aufeinanderprallen, nämlich Dr. B. (Humanismus) gegen Czentovic (Monomanie). So gesehen kann man die *Schachnovelle* einfach auch als Sieg des Guten über das Böse und Zerstörerische interpretieren. Noch dramatischer könnte man sagen, es handelt sich hier um den Widerstreit zwischen Humanität und Inhumanität. Doch ist Dr. B. gerettet – oder ein geschlagener Mann? Hat der doch recht «eingleisige» Czentovic zum Schluss der Erzählung gewonnen? Tatsächlich ist es so, dass Dr. B. die Partie verloren gibt. Doch obwohl er verliert, ist er der geistige Sieger. Der Sieg der Besiegten ist ein Zweigsches Thema, das ihn zeit seines Lebens nicht losgelassen hat. «Von meinem ersten Stück *Thersites* an hatte mich das Problem der seelischen Superiorität des Besiegten immer wieder von Neuem beschäftigt», schrieb Zweig in seiner Autobiografie und fuhr fort:

> «Immer lockte es mich, die innere Verhärtung zu zeigen, die jede Form der Macht in einem Menschen bewirkt, die seelische Erstarrung, die bei ganzen Völkern jeder Sieg bedingt, und ihr die aufwühlende, die Seele schmerzhaft und furchtbar durchpflügende Macht der Niederlage entgegenzustellen.» (WvG, S. 290)

Das Schachspiel ist für Dr. B. und Czentovic in verschiedener Hinsicht bedeutsam. Für Dr. B. wird Schach zu einer Überlebensstrategie in der Isolationshaft im Wiener Hotel «Metropol». Wie vieles in der *Schachnovelle* ist auch das Hotel keine Erfindung Zweigs. Dort wurden tatsächlich nach dem Anschluss Österreichs am 12. März 1938 politische Gegner der Nationalsozialisten festgehalten. In der Partie mit Czentovic bedeutet das Spielen für Dr. B. Fantasie und Kreativität und wiederhergestellte geistige Normalität. Und tatsächlich ist Dr. B. nach der Partie in der Lage, das Brett zu verlassen, das heißt, er kann seine geistige Gesundheit wahren, während Czentovic bleibt, was er immer war – ein Schachspieler. Sehr bedeutsam sind die Erläuterungen Alberto Dines': «Mit der Parabel über das Spiel der Spiele überdenkt der Schriftsteller alles, was ihn am Krieg mit Schrecken und Grauen erfüllt. Hitler ist kein Einzelfall des Wahnsinns, der Nationalsozialismus ist ein auf Bestialität basierendes politisches Projekt, Czentovic ist keine Einzelperson, sondern steht für eine Wesensart.»[4] Dines fügt hinzu: «Noch kennt man keine Roboter, aber Zweig vermag es, diese in der Figur des Meisters ohne Innenleben, des Menschen ohne Menschlichkeit, zu verkörpern.» Die Schachpartie steht für die Auseinandersetzung eines europäischen Kulturmenschen mit dem aufkommenden Faschismus.

Am 15. August 1941 kehrten Stefan und Lotte mit dem Schiff von New York nach Rio de Janeiro zurück, wo beide am 27. August eintrafen und im eleganten «Hotel Central» logierten. Am 17. September 1941 bezogen sie das bis Ende April 1942 von der Amerikanerin Margareth Banfield gemietete Haus in Petrópolis, das Zweigs brasilianischer Verleger Abrahão Koogan ihnen vermittelt hatte, 813 Meter über dem Meer gelegen, in landschaftlich schöner und klimatisch günstiger Lage in einem Hochtal des Küstengebirges im Vorort Valparaíso, 34 rua Gonçalves Dias. Dort überarbeitete er seine Autobiografie *Die Welt von Gestern*; und zeitgleich entwarf er seine *Schachnovelle*.

Von der völligen Abgeschiedenheit seines «kleinen Sommerhauses auf einem Berg», wie Zweig sein Quartier in Petrópolis zu nennen pflegte, schrieb er in einem Brief vom 1. September 1941 an seinen amerikanischen Verleger Ben W. Huebsch in Englisch, der Sprache, die er seit Kriegsausbruch in den meisten Briefen auch an andere Adressaten benutzt:

> «I have finished the first draft of another small work, one of the stories in my usual unfortunate length, too short for a novel and too long for a magazine. [...] I would like [...] to publish this little story in a limited ‹edition de luxe› because it is not suitable so much for the large public as for a smaller circle. The subject is a story about the chessboard, I believe the first which has ever been written on this subject. And as the chess [game] has many friends and adherents and there even exist a number of special collectors of all books on chess, I think that a limited luxury edition might have good chances. [...] It is a real pleasure for me to create a short story in such a virginal atmosphere, and to raise the course of a chess game into the dramatic.»[5]

Zweigs Begeisterung für dieses Werk ist offensichtlich, ebenso wie sein nicht nachlassender Wunsch, es in bibliophilen Ausgaben erscheinen zu lassen. Eine solche Luxusausgabe erschien jedoch nicht mehr zu Zweigs Lebzeiten.

Benjamin W. Huebsch hatte 1902 den New Yorker Verlag B. W. Huebsch Inc. gegründet, aus dem 1925 der erfolgreiche und angesehene Verlag Viking Press hervorging; als Vizepräsident und Cheflektor leitete er den Verlag von Anfang an. Er war mit Zweig eng befreundet und brachte mehrere seiner Werke in englischer Übersetzung heraus. Ihre geschäftliche Beziehung fasste Stefan Zweig in einem Brief an Huebsch vom 24. April 1931 so zusammen: «Was Benjamin Huebsch tut, ist für mich wohlgetan und er hat einen Generalpermess.» Immerhin war die *Schachnovelle* das einzige Werk Zweigs, das Huebsch selbst übersetzte, vielleicht weil er dessen besondere Bedeutung erkannt hatte.

Ein undatierter, aber vermutlich am 29. September 1941 an seine erste Gattin Friderike Maria von Winternitz geschriebener Brief Zweigs ist von größter Bedeutung:

> «Wie wohl fühlt man sich aber in jeder [Zeit], die nicht an die heutige erinnert. [...] Hier corrigiere ich viel an der Autobiographie, habe eine kleine *Schachnovelle* entworfen, angeregt davon, dass ich mir für die Abgeschiedenheit ein Schachbuch gekauft habe und mit Lotte täglich die Partien der grossen Meister nachspiele.»[6]

Dieser Brief berührt unter anderem die Frage, wie ihm Petrópolis gefiel, ein Thema, dem Zweig stets große Bedeutung beimaß, wie fast alle seine weiteren Briefe aus dieser Zeit zeigen. An der Bemerkung über das Schachbuch ist nichts Ungewöhnliches. Zweigs Arbeitsmethode hatte sich nicht geändert, er war es gewohnt, sich vorab sorgfältig und gründlich über jedes Thema seiner Bücher zu informieren. Zunächst hatte sich Zweig das Schachbuch zur Zerstreuung gekauft. Es handelte sich um das umfangreiche Werk des bedeutenden Schachspielers und -schriftstellers Savielly Grigoriewitsch Tartakower (1887–1956) mit dem Titel *Die hypermoderne Schachpartie. Ein Schachlehr- und Lesebuch. Zugleich eine Sammlung von*

150 schönen Meisterpartien aus den Jahren 1914–1924. Als Stefan Zweig zu Friderike sagte, er habe das Schachbuch für die «Abgeschiedenheit» gekauft, ging ihm offensichtlich erst durch Zufall auf, dass man über dieses Thema eine Geschichte schreiben könnte. In Tartakowers Buch ist es die Partie Nummer 13 zwischen Alexander Aljechin (1892–1946) und Efim Bogoljubow (1889–1952) vom II. Internationalen Julius-Breyer-Memorial-Schachturnier in Bad Piestany, gespielt am 23. April 1922, die Zweig besonders gerne mochte und die er in seiner *Schachnovelle* als Vorlage benutzte.

Im Jahre 1941 konnte Zweig nicht ahnen, dass er seine Heimat Österreich nie mehr wiedersehen sollte. Noch immer genoss er in der internationalen Literaturwelt hohes Ansehen, lebte im Wohlstand und besaß, wenn auch über die ganze Welt verstreut, viele Freunde. Und obwohl er als Exilant bei Würdenträgern jeder Stadt, die er besuchte, ein gern gesehener Gast und in Brasilien offensichtlich gut aufgehoben war, konnte all dies (und vieles mehr) nicht verhindern, dass er immer schwermütiger wurde. In seinem im September 1941 erschienenen Buch *Brasilien. Ein Land der Zukunft* – im Kapitel *Blick auf die brasilianische Kultur* – heißt es:

> «Seit vierhundert Jahren kocht und gärt in der ungeheuren Retorte dieses Landes, immer wieder umgeschüttelt und mit neuem Zusatz versehen, die menschliche Masse. [...] Gibt es heute schon etwas, was man die brasilianische Rasse nennen kann, den

brasilianischen Menschen, die brasilianische Seele? [...] Die Mehrzahl der brasilianischen Bevölkerung – abgesehen von den spät Eingewanderten – stellt ein Mischprodukt dar, und zwar eines denkbar vielfältigster Art. [...] Alle Schattierungen, alle physiologischen und charakterologischen Nuancen sind hier zu finden; wer in Rio über die Straße geht, sieht in einer Stunde mehr eigenartig gemischte und eigentlich schon unbestimmbare Typen als sonst in einer anderen Stadt in einem Jahr.»[8]

Und dann findet man in Zweigs *Brasilien* folgende Textstelle:

> «Selbst das Schachspiel mit seinen Millionen Kombinationen, von denen keine Einzige sich wiederholt, scheint arm gegen dieses Chaos der Varianten, Kreuzungen und Überkreuzungen, in denen sich die unerschöpfliche Natur in vier Jahrhunderten hier gefallen hat.»

Zweig versuchte also, seine Schilderung der brasilianischen Typenvielfalt mithilfe der Schachallegorie zu erklären. Ein interessanter Vergleich, obschon man einräumen muss, dass sich Kombinationen im Schach sehr wohl wiederholen. Wichtig ist daran indes, dass das Schachspiel Zweig offenbar auch in anderen Kontexten als Erklärungshilfe diente. Mit dem Schachspiel konnte er seine Beobachtungen verdeutlichen. Weiters erfahren wir hier, dass Zweig das Schachspiel mit dem Begriff des Chaos in Zusammenhang brachte. Ja, Zweig sagte wörtlich «Chaos der Varianten». Im daran anschließenden Satz jener Passage lesen wir:

> «Aber wenn beim Schachspiel auch keine Partie der anderen gleicht, so bleibt dieses Spiel doch immer Schach, weil eingeschlossen in den Rahmen desselben Raums und bestimmten Gesetzen unterworfen.» (Brasilien, 152)

Wenn man den Satz liest, fallen die Ähnlichkeiten mit der *Schachnovelle* auf. Solche Ideen waren schon Teil seines Denkens, bevor Zweig seine *Schachnovelle* schrieb. Zum einen sind solche Sätze mithilfe der allegorischen Bedeutung des Schachspiels ausgezeichnete Beispiele für seine Sicht auf Brasilien; aber zum anderen haben sie, wenn wir an Zweigs letzte Novelle denken, eine viel weiterreichende Bedeutung. Festzuhalten ist, dass Zweig – kurz bevor er die *Schachnovelle* schrieb – im Schachspiel ein Mittel sah, um andere Erscheinungen zu beschreiben und zu versinnbildlichen.

Selbst unerfahrene Spieler wissen schon bald, dass ihnen die Konsequenzen eines Zugs leicht aus dem Blickfeld geraten, wenn sie sich zu sehr in die eigenen Pläne und Zielsetzungen verstricken. Böse Überraschungen kann auch erleben, wer zu starr und eingleisig denkt – und spielt. Und manche Schachspieler sind allein schon deswegen dem Untergang geweiht, weil sie allzu siegesgewiss voranstürmen. So antagonistisch sich dieser gedankliche Widerstreit auf den vierundsechzig Feldern auch gestalten mag, letzten Endes lebt dieses Spiel vom geistigen Wettstreit zwischen zwei Menschen. Wenn es uns auch die Gelegenheit bietet, für einen Augenblick in eine andere Welt einzutauchen, so zwingt es uns doch immer wieder hart und energisch auf den Boden der Tatsachen und somit in die Wirklichkeit zurück. Daher sind es die allgemeinen Erfahrungswerte, die uns über den bloßen Gewinn (oder Verlust) einer Partie hinaus so unendlich bereichern.

Dieses edle Spiel ist und bleibt ein Spiegelbild der wesentlichen Lehren, die wir vor allem in der Welt der großen Literatur wiederfinden. Wie schon erwähnt, hat Zweig Schach als Freizeitbeschäftigung in Kaffeehäusern gespielt. Dementsprechend heißt es in seiner *Schachnovelle* mit autobiografischer Grundierung:

> «Nun bin ich zeitlebens nie ein ernstlicher Schachkünstler gewesen, und zwar aus dem einfachen Grunde, dass ich mich mit Schach immer bloß leichtfertig und ausschließlich zu meinem Vergnügen befasste; wenn ich mich für eine Stunde vor das Brett setze, geschieht dies keineswegs, um mich anzustrengen, sondern im Gegenteil, um mich von geistiger Anspannung zu entlasten. Ich ‹spiele› Schach im wahrsten Sinne des Wortes, während die anderen, die wirklichen Schachspieler, Schach ‹ernsten›, um ein verwegenes neues Wort in die deutsche Sprache einzuführen.» (S. 19)

Von Interesse mag sein, dass für Sigmund Freud dasselbe gilt. Solange es seine Zeit zuließ, ging auch er gerne ins Kaffeehaus, wo er des Öfteren eine Partie Schach spielte. Ähnlich wie Zweig hat Freud das Schachspiel als Sinnbild gebraucht, um seine Beobachtungen zu verdeutlichen. Am Beginn seiner 1913 erschienenen Abhandlung *Zur Einleitung der Behandlung* heißt es:

> «Wer das edle Schachspiel aus Büchern erlernen will, der wird bald erfahren, dass nur die Eröffnungen und Endspiele eine erschöpfliche systematische Darstellung gestatten, während die unübersehbare Mannigfaltigkeit der nach der Eröffnung beginnenden Mittelspiele sich einer solchen versagt. Eifriges Studium von Partien, in denen Meister miteinander gekämpft haben, kann allein die Lücke in der Unterweisung ausfüllen.»[9]

Es scheint evident, dass Zweig Freuds Vorstellung zugestimmt haben würde. Beide schienen ähnlich zu denken und zu beobachten, wie die folgenden Passagen aus der *Schachnovelle* verdeutlichen:

> «Macht man sich nicht bereits einer beleidigenden Einschränkung schuldig, indem man Schach ein Spiel nennt? Ist es nicht auch eine Wissenschaft, eine Kunst, schwebend zwischen diesen Kategorien wie der Sarg Mohammeds zwischen Himmel und Erde, eine einmalige Bindung aller Gegensatzpaare; uralt

und doch ewig neu, mechanisch in der Anlage und doch nur wirksam durch Phantasie, begrenzt in geometrisch starrem Raum und dabei unbegrenzt in seinen Kombinationen, ständig sich entwickelnd und doch steril, ein Denken, das zu nichts führt, eine Mathematik, die nichts errechnet, eine Kunst ohne Werke, eine Architektur ohne Substanz und nichtsdestominder erwiesenermaßen dauerhafter in seinem Sinn und Dasein als alle Bücher und Werke, das einzige Spiel, das allen Völkern und allen Zeiten zugehört und von dem niemand weiß, welcher Gott es auf die Erde gebracht, um die Langeweile zu töten, die Sinne zu schärfen, die Seele zu spannen. Wo ist bei ihm Anfang und wo das Ende …» (S. 16 f.)

Das zweite Beispiel:

«Aber schon die flüchtigste Überlegung dürfte ausreichen, um klarzumachen, dass beim Schach als einem reinen, vom Zufall abgelösten Denkspiel es logischerweise eine Absurdität bedeutet, gegen sich selbst spielen zu wollen. Das Attraktive des Schachs beruht doch im Grunde einzig darin, dass sich seine Strategie in zwei verschiedenen Gehirnen verschieden entwickelt, dass in diesem geistigen Krieg Schwarz die jeweiligen Manöver von Weiß nicht kennt und ständig zu erraten und zu durchkreuzen sucht, während seinerseits wiederum Weiß die geheimen Absichten von Schwarz zu überholen und parieren strebt. Bildeten nun Schwarz und Weiß ein und dieselbe Person, so ergäbe sich der widersinnige Zustand, dass ein und dasselbe Gehirn gleichzeitig etwas wissen und doch nicht wissen sollte, dass es als Partner Weiß funktionierend, auf Kommando völlig vergessen könnte, was es eine Minute vorher als Partner Schwarz gewollt und beabsichtigt. Ein solches Doppeldenken setzt eigentlich eine vollkommene Spaltung des Bewusstseins voraus, ein beliebiges Auf- und Abblendenkönnen der Gehirnfunktion wie bei einem mechanischen Apparat; gegen sich selbst spielen zu wollen, bedeutet also im Schach eine solche Paradoxie, wie über seinen eigenen Schatten zu springen.» (S. 59 f.)

Sowohl Freuds als auch Zweigs Beobachtungen ist gemeinsam, dass sie das Leben als ein Spiel betrachten. Doch ist das Leben das einzige Spiel, das man nicht zweimal spielen kann. Zweig verehrte den Wissenschaftler Freud, und Zweigs Gesamtwerk zeigt deutlich, dass er sein Leben lang ein großes Interesse an der Psychologie hatte. Beispielsweise schrieb er am 8. September 1926 an Freud: «Mir ist Psychologie (Sie verstehen dies wie kein Zweiter) heute eigentlich ‹die› Passion meines Lebens.»[10] So auch Schach, eines der ältesten Spiele der Welt. Leider wissen wir nicht, ob Zweig und Freud je gegeneinander gespielt oder – was eigentlich noch interessanter wäre – ob sie je über Schach gesprochen haben.

Dass Zweig das Schachspiel als Metapher benutzte, um seine Beobachtungen zu präzisieren und zu veranschaulichen, belegen auch andere Zitate. Zunächst ein frühes Beispiel aus Zweigs am 23. Dezember 1917 in der *Neuen Freien Presse* erschienenem Feuilleton *Das Herz Europas. Ein Besuch im Genfer Roten Kreuz*:

> «Das Rote Kreuz in Genf überwacht gleichzeitig die Gefangenenlager, ob in jedem einzelnen genügend Nahrung und Freiheit den Internierten gegeben werde. Es nimmt die Bitten – die flehenden, herzzerreißenden Bitten um Austausch der Schwerverwundeten zu einem Gesundungsurlaub in der Schweiz entgegen. [...] Es bietet sich als diplomatisches Schachbrett, auf dem, Zug um Zug, die feindlichen Nationen für ihre eigenen Gefangenen kämpfen.»[11]

In ähnlicher Weise begegnet uns die Schachmetaphorik in seinem 1934 im Herbert Reichner Verlag herausgekommenen Werk *Triumph und Tragik des Erasmus*, wo es zu Beginn des letzten Kapitels heißt: «Für alle Zeiten [sind] die zwei großen und ewigen Grundformen aller Weltpolitik in geistige Form gegossen, die praktische und die ideale, die diplomatische und die ethische, Staatspolitik und Menschheitspolitik.»[12] Für Erasmus von Rotterdam gehöre «die Politik in die Kategorie der Ethik», für Machiavelli dagegen stelle

> «Politik eine amoralische und völlig selbstständige Wissenschaft dar. Sie hat mit Ethik ebenso wenig zu schaffen wie Astronomie und Geometrie. [...] Klar

> und kalt haben sie ebenso wenig wie ein Schachspieler Rücksicht und Nachsicht auf ihre Gegner zu nehmen, sondern mit allen Mitteln, erlaubten wie unerlaubten, ihrem Volk das höchste erreichbare Maß an Vorteil und Vorherrschaft zu gewinnen. Macht und Machterweiterung sind für Machiavelli die oberste Pflicht.»

Bis zum letzten Moment hat Zweig an der *Schachnovelle* gearbeitet und das Manuskript erst abgesandt, als er damit zufrieden war. Die Depression hatte jedoch bereits von ihm Besitz ergriffen. Verwirrung, Hoffnungslosigkeit und Verzweiflung nahmen Zweig die geistige und körperliche Fähigkeit, auf die Tragödien und Belastungen des Lebens entschlossen zu reagieren. Seine Beweglichkeit und Aufmerksamkeit waren stark eingeschränkt. Bevor Zweig die Manuskripte abschickte, schrieb er an unter anderem Ernst Feder, Ben Huebsch, Abrahão Koogan, Joachim Maass, Victor Wittkowski und seiner ersten Frau,[13] die er damit beauftragte, einen Schachexperten zu engagieren, um die Novelle vor Veröffentlichung auf ihre Richtigkeit zu überprüfen. Die Korrektheit seiner Werke war ihm stets besonders wichtig. Danach sandte er vom Postamt in Petrópolis zusammen mit der rechtlich fundierten Druckerlaubnis drei Typoskripte der *Schachnovelle* ab, zwei nach New York an Ben Huebsch (Viking Press) und an Gottfried Bermann-Fischer (Bermann-Fischer Verlag) und eines nach Buenos Aires an Alfredo Cahn, Freund, Übersetzer ins Spanische und seit Oktober 1928 Literaturagent in Argentinien. Ein

Exemplar des Typoskripts hatte Zweig vermutlich am Freitag, den 20. Februar 1942, in einem Umschlag in den Safe seines brasilianischen Verlegers Abrahão Koogan gelegt.

Schachspezialisten haben vielfach darauf hingewiesen, dass die *Schachnovelle* spieltechnische Ungenauigkeiten enthält.[14] So bilanziert Bruno Landenthaler: «Schachkenner haben schon mehrfach darauf hingewiesen, dass sich ärgerliche Fehler in die Beschreibung der Spiele oder der Spieler eingeschlichen haben, Fehler, über die der Schachdilettant großzügig hinwegliest. Der literarischen Qualität tut dies keinen Abbruch. Denn Zweig hat mit der *Schachnovelle* ein Stück Literatur geschaffen, in dem das Schach zu einer literarischen Größe geworden ist, die unabhängig von sachbezogenen Fehlern und Ungenauigkeiten Gültigkeit behält. Dies ist bei den Interpreten Zweigs keineswegs ausgemachte Sache. Vielmehr wurde schon die Meinung vertreten ‹das Schachspiel gehöre zur *Schachnovelle* wie die Pferde zum Kleist'schen Kohlhaas›, sei also lediglich äußerlicher Anlass für die Entfaltung eines literarischen Themas.»[15]

Wie kann es sein, dass in der *Schachnovelle* mehrere unkorrekte Züge angegeben werden? War sich Zweig darüber im Klaren? Wenn Dr. B., wie er sagt, wirklich ein Könner ist und die Züge aus den Meisterpartien auswendig kann, dann müssen die Züge gegen seinen Kontrahenten Czentovic auch korrekt sein. Und warum haben sich Zweigs Freunde bereit erklärt, seinem Wunsch nach Prüfung der Schachstellen zu entsprechen, ohne vor der

Veröffentlichung tatsächlich einen Schachexperten zu konsultieren? Oder haben sie bloß erst einmal Ja gesagt, weil ihnen nur allzu bewusst war, in welch desperatem Zustand er sich befand und unter welch starken Depressionen er litt? Wie dem auch sei: Zweig hat die Typoskripte zur *Schachnovelle* abgeschickt. Sein inneres Gleichgewicht war da schon aus den Fugen geraten. Wie es zu diesen Fehlern kam, werden wir wohl nie erfahren.

Für jemanden wie Zweig, der die Literatur immer als seine eigentliche Passion und Lebensaufgabe begriffen hat, ist dieses wunderbare Spiel auf vierundsechzig Feldern bis zuletzt ein faszinierendes Geheimnis geblieben. Denn in vielerlei Hinsicht stellt es eine Antithese zur Welt der Bücher dar: Ohne dass auch nur ein einziges Wort die Stille durchbricht, siegt die kühle strategische Berechnung – der bloße Gedanke – unabdingbar und notwendigerweise über das Auf und Ab der Gefühle; dieses edle Spiel ist wortlose Heldendichtung mit den immer gleichen Akteuren. Und doch ist jede Partie eine Erzählung für sich, in deren Handlungsverlauf uns jeder Zug etwas über dessen Urheber verrät und deren Dramaturgie überraschende Wendungen nimmt.

Das königliche Spiel ist eine Parabel des menschlichen Geists, wie uns Zweig mit seiner «unsterblichen Novelle» so bildhaft veranschaulicht. Es spiegelt das immerwährende Bestreben des Menschen wider, dem heillosen Chaos ein Quäntchen Ordnung abzuringen. Denn selbst in den fest abgesteckten Grenzen dieses spezifischen Handlungsrahmens ist stets mit dem Unerwarteten zu rechnen. Jeder einzelne Zug liegt zunächst und an und für sich offen auf der Hand, doch natürlich nicht die verdeckten Absichten des Kontrahenten – und selbstverständlich auch nicht die schmerzhaften Lektionen, die uns dieses Spiel auf so prägnante wie unerbittliche Weise erteilt.[16]

Jeffrey B. Berlin

ANMERKUNGEN

1 Berthold Viertel, *Abschied von Stefan Zweig*. In: *Stefan Zweig: Im Zeugnis seiner Freunde*, hg. v. Hanns Arens, München/Wien: Langen-Müller 1968, S. 195–201, hier: S. 197.

2 Stefan Zweig, *Die Welt von Gestern: Erinnerungen eines Europäers*, Frankfurt/M: S. Fischer Verlag 1970, S. 74–77. (Im fortlaufenden Text zitiert mit WvG und Seite).

3 Felix Braun, *Das musische Land. Versuche über Österreichs Landschaft und Dichtung*, Innsbruck: Österreichische Verlagsanstalt 1952, S. 201–202.

4 Alberto Dines, *Tod im Paradies. Die Tragödie des Stefan Zweig*. Aus dem Portugiesischen von Marlen Eckl, Frankfurt/M: Edition Büchergilde Gutenberg 2006, S. 536.

5 «Ich habe gerade den ersten Entwurf für ein anderes kleines Werk beendet. Es ist in der für mich üblichen unglücklichen Länge: zu kurz für eine Novelle, zu lang für eine Veröffentlichung in einem Magazin. [...] Ich würde die kleine Geschichte gerne in einer limitierten ‹Edition de luxe› veröffentlichen, weil es mir weniger für eine große Öffentlichkeit als für einen kleinen Leserkreis geeignet scheint. Die Geschichte handelt von Schach. Ich glaube, es ist die erste, die je über das Thema geschrieben wurde. Und da das Schachspiel viele Freunde und Anhänger hat und es sogar einige Sammler von Schachbüchern gibt, denke ich, dass eine limitierte Luxusausgabe gute Chancen haben dürfte. [...] Es ist eine wirkliche Freude für mich, eine Kurzgeschichte in einer so unbefleckten Atmosphäre zu schreiben und den Gang einer Schachpartie dramatisch zu überhöhen.» Die Originale der Briefe Zweigs an Huebsch und Durchschlagkopien der Briefe von Huebsch an Zweig befinden sich im Ben Huebsch-Archiv der Library of Congress (Washington, D. C.), der ich für ihr Entgegenkommen während meiner zahlreichen Besuche

dort danke. Außer einigen kleineren – stillschweigend beseitigten – Fehlern, wurde die ursprüngliche Orthografie beibehalten, auch bei Zweigs auf Englisch geschriebenen Briefen. Jede Ergänzung wird durch eckige Klammern kenntlich gemacht. Für ihre langjährige Unterstützung und Erlaubnis, diese Briefe zu veröffentlichen, danke ich aufrichtig dem Stefan Zweig-Nachlass (London) und seinen Nachlassverwalterinnen: Sonja Dobbins (London) und Lindi Preuss (Zürich); ebenso danke ich dem Ben Huebsch-Nachlass (New York), dem Stefan Zweig Archiv (State University of New York at Fredonia) sowie dem S. Fischer Verlag (Frankfurt/M). Und es ist mir eine besondere Freude, Siegfried Schönle (Kassel) für seine unentbehrlichen Hinweise meinen besten Dank auszudrücken.

6 Stefan Zweig – Friderike Zweig: *«Wenn einen Augenblick die Wolken weichen.» Briefwechsel 1912–1942*, hg. v. Jeffrey B. Berlin u. Gert Kerschbaumer, Frankfurt/M: S. Fischer Verlag 2006, S. 373–374. (Im fortlaufenden Text zitiert mit SZ/FZ Briefe und Seite.)

7 Wien: Verlag der «Wiener Schach-Zeitung» 1925, 2. Aufl., 517 S.

8 Stefan Zweig, *Brasilien. Ein Land der Zukunft*, hg. v. Knut Beck, Frankfurt/M: S. Fischer Verlag 1990, S. 151–152). (Im fortlaufenden Text zitiert mit Brasilien und Seite.)

9 Sigmund Freud, *Zur Einleitung der Behandlung*, in: S. F., *Gesammelte Werke*. Chronologisch geordnet, hg. v. Anna Freud u. a. 18 Bde., London: Imago 1940–1968, Bd. VIII, S. 454–478, hier: S. 454.

10 Stefan Zweig, *Briefwechsel mit Hermann Bahr, Sigmund Freud, Rainer Maria Rilke und Arthur Schnitzler*, hg. v. Jeffrey B. Berlin u. Donald A. Prater, Frankfurt/M: S. Fischer Verlag 1987, S. 190.

11 Stefan Zweig, *Die schlaflose Welt. Aufsätze und Vorträge aus den Jahren 1909–1941*, hg. v. Knut Beck (Frankfurt/M: S. Fischer Verlag 1983), S. 74–89, hier: S. 82.

12 Stefan Zweig, *Triumph und Tragik des Erasmus*, Wien: Herbert Reichner Verlag 1934.

13 Vgl. Stefan Zweig, *Briefe 1897–1942*, hg. v. Knut Beck u. Jeffrey B. Berlin. 4. Bde., Frankfurt/M: S. Fischer Verlag 1995–2005, bes. Bd. IV.

14 Vgl. Jirí Veselý, *Das Schachspiel in der Schachnovelle*. In: Österreich in Geschichte und Literatur, 13 (1969), S. 517–523; Johannes Fischer, *Ein*

symbolischer Rückzug. Kritische Anmerkungen zu Stefan Zweigs «Schachnovelle». In: *Karl. Das kulturelle Schachmagazin* (20. April 2002); Hannes Fricke, *«still zu verschwinden, und auf würdige Weise»: Traumaschema und Ausweglosigkeit in Stefan Zweigs «Schachnovelle»*. In: *Zeitschrift für Psychotraumatologie und Psychologische Medizin*, Bd. 2 (2006), S. 41–55.

15 Bruno Landthaler, *Das «göttliche» Schach: Die «Schachnovelle» von Stefan Zweig*. In: *MENORA. Jahrbuch für deutsch-jüdische Geschichte* (1966), S. 250–264, hier: S. 250–251.

16 Eine frühe Fassung dieses Textes erschien zuerst in der Schachzeitschrift *Karl. Das kulturelle Schachmagazin*, Jg. 27, Nr. 1 (2010), S. 18–25.